J.M. シング

アラン島

栩木伸明訳

みすず書房

THE ARAN ISLANDS

by

John Millington Synge

First published by Maunsel, Dublin / Elkin Mathews, London, 1907

アラン島　目次

島の男

挿絵　Jack. B. Yeats
日本語版地図　小林由枝
訳者あとがき写真　栩木伸明

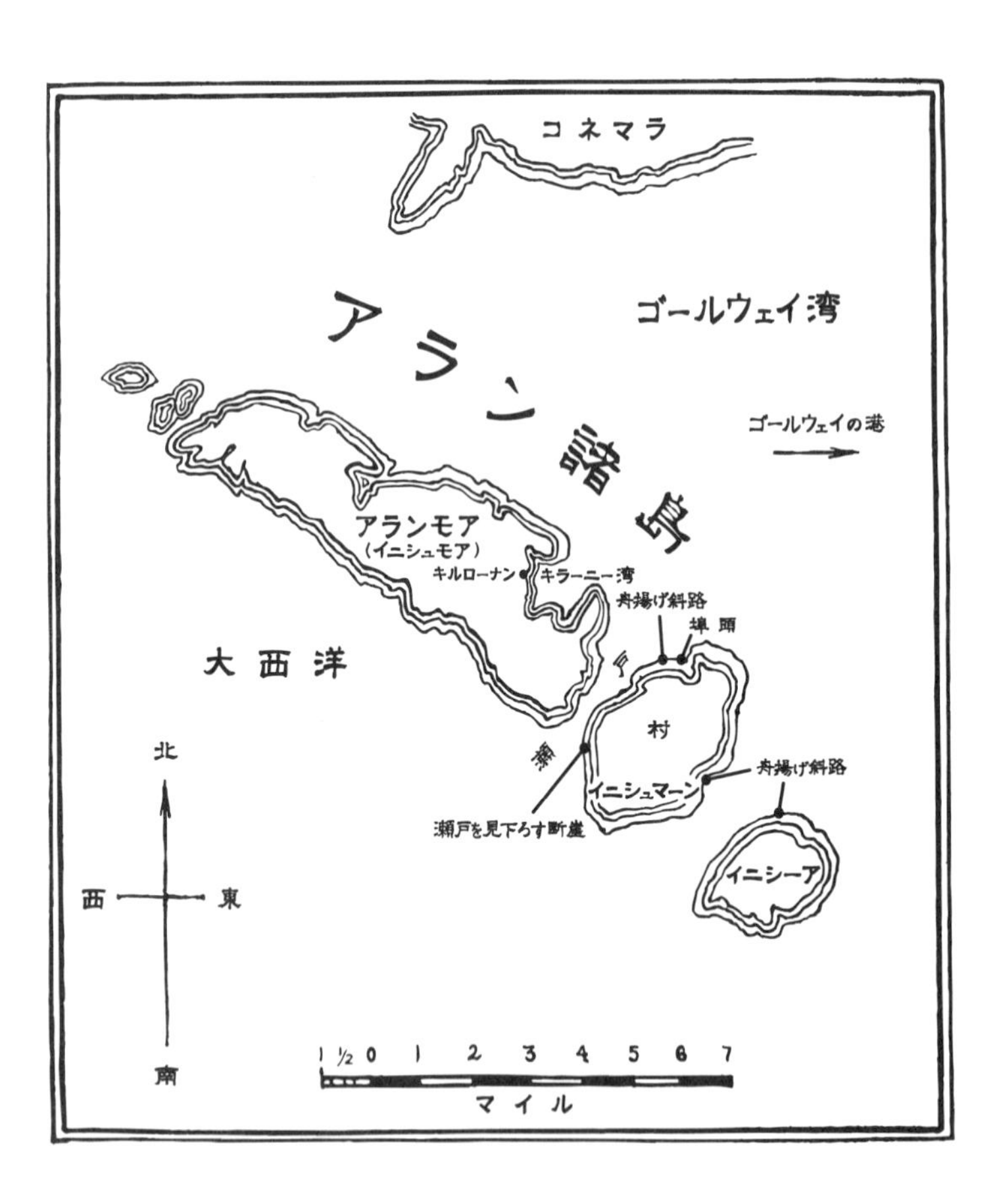
コネマラ
アラン諸島
ゴールウェイ湾
ゴールウェイの港
アランモア
(イニシュモア)
キルローナン
キラーニー湾
舟揚げ斜路
埠頭
大西洋
瀬戸
村
イニシュマーン
舟揚げ斜路
瀬戸を見下ろす断崖
イニシーア
北
西
東
南
1 1/2 0 1 2 3 4 5 6 7
マイル

アラン島

はじめに

アラン諸島の地形はいたって単純だが、やはりひとこと説明しておいたほうがいいかもしれない。島は三つある。北の細長い島がアランモアで、長さが九マイルある。真ん中にあるのがイニシュマーンで、さしわたし三マイル半のほとんど円形の島。南にあるのがイニシーアで、この名前はアイルランド語で「東島」を意味する。真ん中の島と似たような形だが、すこし小さい。これら三つの島は、ゴールウェイの港から三十マイルほど沖合へ出た湾の真ん中に位置している。南側のクレア州の断崖に立てば、さほど遠くない海上に三島を望むことができ、三島から北に向かえば、コネマラ地方の西隅に行き当たる。

アランモアで随一の集落はキルローナンである。この村は、稠密（ちゅうみつ）地域貧困対策委員会の肝いりで漁業の振興がはかられた結果、ずいぶん様変わりして、アイルランド本土の西海岸のどこにもある漁師村のたたずまいと、ほとんど区別がつかなくなってしまった。ほかの二島はもっと昔ぶりを残しているとはいえ、たくさんの変化が起きてもいる。しかし、そういった変化をわざわざ書きとめる値打ちはないと判断した。

これから読んでいただく本に僕が書いたのは、三つの島での僕の暮らしと、そこで出会ったさまざまなことについての率直な報告である。でっちあげたところはひとつもないし、本質的な部分はなにひとつ変えていない。ただし、話に出てくるひとびとについては、人物の名前を変えたり、手紙を引用するときに地名や家族関係を変えたりして、話題になっているのが誰なのかわからなくなるように極力つとめた。こんな偽装をあえておこなったのは、もちろん島人たちの不興を買いそうな内容を語りたかったからではない。その正反対で、まかりまちがっても、僕が彼らの親切と友情をあからさまに利用している、と彼らに受け取ってほしくなかったからである。彼らの厚情にたいして、僕が抱いている感謝の気持ちは、おいそれと語り尽くせるものではない。

第一部

僕はアランモアにいる。暖炉にくべた泥炭の火にあたりながら、僕の部屋の階下にあるちっぽけなパブからたちのぼってくるゲール語のざわめきに、耳を澄ませているところだ。

アラン島行きの汽船の運行は潮まかせなので、今朝僕たちがゴールウェイの波止場をあとにしたのは午前六時、あたり一面は深い霧に閉ざされていた。

最初のうちは、右舷にうねる波と霧のちょうど境目に、低い一本線になった陸地が見えていた。しかし、船が進むにつれてそれも視界から消え、目に入るものといえば索具にまとわりつく濃霧とちいさな水泡の渦だけになった。

船客はほとんどいなかった。子豚を何匹か押し込んだ麻袋と二、三人の男たち。キャビンのなかに腰掛けているのは、ショールで頭をきっちりくるんだ三、四人の娘たち。それから、石工がひとり。キルローナンの桟橋を修理にいくところだそうで、船内をぶらぶら歩き回ったり、僕に話しかけてきたりした。

三時間もするとアラン島が視界にはいってきた。はじめにあらわれたのは、海面から霧のなかへ斜めに立ちあがっていく、荒涼たる岩塊。やがて、近づくにつれて、沿岸警備隊の詰め所と集落が見えてきた。

上陸してさっそく、この島でいちばんよく整備された道路を歩いてみた。道の両側に続く低い石垣の向こうをのぞいてみると、剝き出しの岩畳が石垣でいくつもの狭い区画に囲い込まれている。これほど荒れ果てた光景を見るのははじめてだ。どこからかあふれてきた鉛色の水で、石灰岩の岩畳のいたるところが水浸しになっていて、ときには道路じたいが激しい奔流に姿をかえていた。その道路は低い丘や岩むろを縒りあわせ、風よけになった片隅にうづくまる猫の額ほどのじゃがいも畑や草地の隙間を縫うようにして、うねうね伸びていた。雲がさあっと上がるたびに海岸線が右手の下のほうに見え、反対側を見上げると剝き出しの島の背骨が隆起しているのが見えた。ときおり、チャペルや校舎がぽつんとたたずんでいるのに出くわした。あるいは、上部に十字架を掲げた石柱が何本か並んで立っていることもあって、一本一本に見知らぬ死者の名前と、故人のために祈ってください、という碑文が刻まれていた。

人間のすがたはあまり見なかった。が、あちらこちらで、背の高い娘たちが連れだってキルローナンの村のほうへ歩いていくのに出会った。彼女たちは僕を追い抜いていくときに、おどけた

桟橋

ような驚きのことばをかけていった。彼女たちの英語には、ゴールウェイで聞いたなまりとはずいぶん違う、ちょっと異国ふうのイントネーションがあった。元気いっぱいの娘たちは雨や寒さなどへっちゃらなようすだったから、彼女たちがゲール語でおしゃべりし、大笑いしながら急ぎ足で僕を追い越していった後には、濡れそぼった岩の景色がいっそうわびしいものに感じられた。

正午すこし過ぎに宿へ帰ったとき、ひとりの半ば盲目の老人がゲール語で僕に話しかけてきた。だが、それ以外は、たいてい誰もが外国語（えいご）を達者につかいこなすので、びっくりした。

午後も雨が降り続いたので、僕はこの宿屋の二階に陣取って、霧のなかで数人の男たちがコネマラから泥炭を積んできた一本マスト船（フッカー）の荷下ろしをしているのや、すねの長い豚たちが浜をかけずりまわっているのを、眺めて過ごした。階下のパブに出入りする漁師たちの声が、破れた窓ガラス越しに聞こえてきた。そのようすからすると、大多数のひとびとはゲール語をつかっているようだが、この村の若者たちの間ではややすたれてきているように思われた。

この家のおかみさんが僕にゲール語の先生をみつけてくれると約束してくれたので待っていると、階段をぎしぎしいわせて浅黒いひとりの老人がこの部屋まで上がってきた。さっき、ちょっとあいさつした人物だ。

僕は老人に暖炉のそばに座ってもらい、何時間も話しこんだ。彼はピートリやサー・ウィリアム・ワイルドをはじめ、現存の古物研究家たちをたくさん知っており、フィンク博士やペダーセン博士にはアイルランド語を教え、アメリカから訪れたカーティン氏にはいろいろな物語を話してきかせてやったという。中年をすこし越えた時分に崖から転落して、それ以後、老人は視力をほとんど失い、両手と頭部に震えが残ったのだそうだ。

話をしているあいだじゅう、老人は小刻みに震え、目も見えぬようすで、背中をまるめて火にあたっていたが、表情だけは驚くほどしなやかに変化した。頓知の効いた話や悪意のこもった物語を僕に聞かせているときは、おもしろすぎて身もよじれるといわんばかりに顔を輝かせ、宗教や妖精の話になると、老人の表情には厳粛で陰鬱な影がよぎった。

老人は自分じしんの能力と才能には圧倒的な自信をもっていて、自分が話すかずかずの物語は世界じゅうのどんな物語よりもすぐれていると信じていた。カーティン氏に話題がおよんだとき、老人は、このお方はアラン島の物語集をアメリカで一冊の本にして五百ポンドももうけたのでして、と語ったものだ。

「それから、このお方、どうしたとおもいなさる」と老人は続けて、「わたしから聞いて帰った物語の本で大もうけしたあと、こんどは自分で物語つくって本を書いたって。そうしてその本を出したところが、半ペニーももうからなかった。これ、ほんとの話での。」

そのあと、老人は自分の子どものひとりが妖精たちに誘拐されたてんまつを話してくれた。

ある日のこと、近所の女のひとが通りかかって、道ばたでうちの子を見て、「なんとまあ玉のような子ねえ」と言ったんで。

うちのかみさんは「うちの子に神様のお恵みを」って言おうとしたけど、何かがのどにつまって言えんかった。

それからしばらくすると子どもの首のところに傷ができてるのが見つかって、三晩のあいだ、家にはうるさい音がずうっと聞こえたわけ。

わたしは寝るときシャツは着ないから、すっぱだかで、寝床から飛び起きたんだ。家のなかでうるさい音が聞こえたからね。ところが、あかり点けてみると、なんにもいなかった。

それから、替え玉のもののけがやってきて棺桶に釘打つしぐさをはじめたの。

翌日、種芋はぜんぶ血の色になって、子どもはうちのかみさんに、ぼくはアメリカへ行く、と告げてさ。

その晩、子どもは死んでいったわけよ。子どものなかに妖精が入り込んでたんだね。これ、ほんとの話での、と老人は語った。

老人が帰った後、裸足のまだいたいけな少女が階段を上がってきて、一晩じゅう火がもつようにねー、と泥炭の塊と火おこしにつかうふいごを持ってきてくれた。

少女ははにかんでいたが話したがり屋でもあって、あたしはじょーとーなアイルランド語がしゃべれるし、学校では読本してるし、ここじゃあ本土に行ったことないおとなの女のひともたくさんいるけど、あたしはゴールウェイに二度も行ったことあるのよー、とひとしきりおしゃべりしていった。

雨が上がったので、僕はこの島と島人たちにたいして、いよいよ本格的にお目見えすることになった。

アランモアでいちばん貧しいキラーニーの村を通り抜けて、細長い首に似た砂丘が南西の海のなかへのらりと伸びているところまで、歩いていった。草のうえに寝そべっていたら、コネマラの山のほうから雲がわきあがってきた。そしてほんの一瞬、遠景に山並みをしたがえたこの起伏する緑の近景が、僕の心にローマ近郊の田園地帯を思い起こさせた。だがそれもつかのま、一本マスト船（フッカー）の灰褐色の帆（トップスル）が砂丘の山の端をかすめて通っていったので、そうだ、遠景と近景のまんなかには海があるんだっけ、と気がついた。

さらに歩いていくと、キラーニーの村のほうからやってきた少年と男の二人連れが、僕に話しかけてきた。話してみると、すくなくともこのあたりでは英語は不十分にしか通じないことがわかった。この島には木は生えているんですか、と彼らに尋ねたところ、ふたりはあわててゲール語で相談をはじめ、男のほうが、「木（トゥリー）」っていうと「灌木（ブッシュ）」とおなじだろうかね、と聞き返してきた。もし、おなじ意味なら、東のほうの窪地の風除けになったあたりに数本生えてるよ、とのこと。

ふたりは僕を、三島の真ん中に位置するイニシュマーンとこの島のあいだを隔てている瀬戸が見えるところまで、連れて行ってくれた。そこから見ると、壁のように切り立った崖に両側からはさまれた瀬戸めがけて、大西洋の海水が流れ込んで渦を巻いていた。

イニシュマーンにしばらく泊まり込んでアイルランド語を習ったお方たちもけっこういたわけさ、とふたりは言った。少年が指さす先を見ると、そのひとたちが宿を借りたという石積みの小屋が、まるで島の腰回りに締めた藁帯みたいにずらりと並んでいた。島はひとが住むのに適しているようにはみえなかった。緑はまるでないし、ミツバチの巣を思わせるドーム型の石積み屋根が群れをなしているのを除けば、人間の気配も感じられなかった。そして、ずらりと並んだ屋根のうえには、太古の城砦（ドゥーン）の輪郭が空の縁を押しあげていた。

しばらくしてふたりの道連れと別れた後、こんどはふたりの少年たちがだまって僕のすぐ後ろを歩いてくるのに気がついたので、振り向いて、どんなことを話しかけてくるか試してみることにした。少年たちは最初、自分たちの貧しさについて語っていたが、やがて、ひとりがこんなことを言い出した――

「勇気出して聞かしてもらうけど、一週間の宿代は十シリングも支払ってるわけ？」

「もう一声」と僕が答えると、

「十二シリングとか」

「いや、もっと」

「十五シリング」

「もっと」

こう答えると、少年はたじろいでそれ以上尋ねるのをやめてしまった。僕が彼の好奇心をたしなめるためにうそをついたと思ったのか、それとも、僕があまりにも金持ちなので少年が質問を続ける気力を失ったからなのか、本当のところはわからない。

キラーニー村をふたたび通過したとき、二十年間アメリカで過ごしたという男が声をかけてきた。身体をこわして島へ戻ってきたというのだが、あまりに昔のことなのでこの男は英語をすっかり忘れてしまっており、僕が話すこともほとんど理解できないようだった。どん底で、不潔で、喘息のような息づかいのこの男は、二、三百ヤードもいっしょに歩いた頃合いだったろうか、ふと立ち止まり、銅貨を恵んじゃくれまいか、と無心してきた。あいにく持ち合わせが尽きてしまっていたので、かわりにタバコを一服分進呈すると、彼は自分の小屋へ戻っていった。

男のかわりに、こんどはふたりの少女たちが僕のあとをついてきたので、ひとりずつ順番に話してみた。

少女たちが話すことばには優美で異国ふうなイントネーションがあって、耳にとても心地よかった。あたしたちは夏場になっと、ご婦人がたやご紳士がたをご案内してこのご近所の見所をくまなくご覧にいれて、島モカシン（パンプーティ）やら岩間に生える乙女髪羊歯（メイドンヘア・ファーン）とか、販売したりもしてるわけだの、と、彼女たちは歌でもうたうように僕に話してくれた。

僕たちはいつのまにかキルローナンまで来ていた。別れ際に少女たちは自分たちが履いている島モカシン（パンプーティ）――牛皮でつくった一種のサンダル――にあいた穴をみせて、新しいのを買うお金があったらなー、と言った。僕が、あいにく財布はもうからっぽなんだ、と答えると、ふたりは古風な響きの祝福のことばをとなえて、桟橋のほうへ去っていった。

村へ帰ってくる散歩のあいだずっと、空はみごとに晴れ渡っていた。雨後のアイルランドでだけ体験することができる、島国特有の強烈で透明な明るさが、海と空にあらわれるさざ波ひとつひとつに、そして、湾のはるか向こう岸の山波の隈ひとつひとつにまで、降りそそいでいた。

今晩、ひとりの老人が僕に会いに来て、わたしゃ、おたくさんの親戚のお方がこの島にお住まいでおられたのを知っとります。四十三年も昔のことですがね、と言った。

「おたくさんが汽船から下りてきなすったとき、わたしゃ桟橋の防壁の下に座って漁網をつくろっておりましたが、ほう、もしこの世にシングという名前の男が残っておるだらばこのひとがそうに違いあんめえ、とつぶやいたで。」

老人はさらに、まだほんの小僧っ子の時分に水夫になろうと飛び出してからちゅうもの、この島もずいぶん変わりましたで、と奇妙に簡素だが威厳のあることばづかいでぼやいた。

「こっちへ帰ってきて妹とちっさい家に住んどりますが、島は昔とすっかり変わっちまったで。わたしゃいまこの島に住んどる衆からはなんにも恩を受けちゃおらんけど、その反対にこっちがなんか役に立とうとしても、ちいとも喜んじゃもらえんでなあ。」

話を聞いたかんじでは、この老人は他人とは相容れない独断と持論の砦にたてこもって、漁網修理をなりわいとして孤高の人生を送っているようだが、ほかの島人たちからは一目置かれつつ、なかば皮肉な同情を買っているようにも思われた。

すこし後になって階下の食堂兼居間（キッチン）へ下りていくと、イニシュマーンへ帰り舟を出すのが日没に間に合わなかった男がふたり、たむろしていた。彼らはたぶんこの島の住人よりももっとまじりっ気がなく、おそらくはもっと興味深いタイプのひとびとであるように見受けられた。というのも、太古の城砦（ドゥーン）にまつわる歴史や、バリモートの書とかケルズの書をはじめとする古いケルトの装飾写本について、慎重なことばづかいの英語で語りあっていたこの男たちは、古写本などの固有名詞にずいぶん精通しているようすだったからである。

アランモアに到着した日に会った盲目の老人は先生として魅力たっぷりな人物だったけれど、

僕はイニシュマーンへ移動することに決めた。あちらの島ではゲール語がもっとふつうにつかわれているし、おそらくヨーロッパでいちばん未開な日常の暮らしが残されているはずだからである。

僕はアランモアで過ごす最後の今日一日を、盲目の老先生と過ごすことにして、島の西部と北西部に散らばっている遺跡を見て回った。

僕たちが遺跡探索に出かけていくすがたは、老先生——マーチーンというのが彼の名前だ——によれば、大きな図体をしたカッコウの雛っ子と仮親のセキレイそっくりだというのだが、そのでこぼこコンビをほほえんで見送ってくれた娘たちの集団のなかに、僕は美しい卵形の顔をみつけた。彼女の顔にたたえられた霊的な独特の表情は、アイルランド西部の女性の一典型をくっきり特徴づけるものである。この日、老先生が語ってきかせてくれた、妖精が人間の女たちを誘拐する物語のいくつかを聞いているうちに、アラン諸島のひとびとが信じている荒削りな神話とそこに暮らす女たちの不思議な美しさには、なにか関連がありそうだと思えてきた。

正午ごろ、僕たちが一軒の崩れた家の近くでひとやすみしていると、ふたりの男前の少年たちがやってきて、そばに腰掛けた。マーチーン老先生が、この家はなんで崩れてるのかね、だれが住んどったんだい、と少年たちに尋ねた。

すると彼らは、「しばらくまえに物持ちの農夫が建てた家だけど、二年して妖精の群れにかどわかされちまったわけさ」と答えた。

　少年たちは僕たちとしばらく一緒に歩いて、島の北にいまでも完全な状態で残っているミツバチの巣を思わせるドーム形をした古代の石積み住居までやってきた。一同がよつんばいになって住居に入り、内部の暗闇にたたずんだところで、マーチーン老先生の心にはふとお色気がよみがえったようで、もしもわたしがまだ若くって、それで娘っ子といっしょにここへ入ったらなにするだろか、わからんなあ、などと言い出した。

　そして、老先生は住居の床のまんなかに腰を下ろして、古いアイルランド語の詩を朗唱しはじめた。先生の朗唱にはじつに精妙で格調高い抑揚があって、ほとんど意味は聞き取れないのに、僕は不覚にも涙ぐんでしまった。

　帰り道、老先生はカトリック教会が妖精たちをどう位置づけているかについて教えてくれた。悪魔が自分のすがたを鏡に映してみたとき、俺ぁ、神さまとおんなじじゃねえか、とおもったっていうことだね。それで、神様は悪魔を、子分の天使たちもろとも天国から追い出したわけ。ところが、神様が「つかんでは投げ、つまんでは抛り」してるとき、ひとりの大天使が、神様ちいとお目こぼしを、とお願いしたもんで、落下していく途中の天使たちは空中にとどまることになって、それで、その連中が、船を難破させたり、この世で悪さをしでかしておるのさ、と。

　これを皮切りに、老先生の話は神学上のさまざまな学説へとはてしなく迷い込んでいき、司祭たちから聞き覚えたという長い祈りのことばや説教を、アイルランド語でいくつも暗唱してみせてくれた。

しばらくすると屋根をスレートで葺いた家のまえを通りかかったので、この家には誰が住んでいるんですか、と尋ねてみた。

すると、先生は、「まあ一種の女先生だが」と答えて、そのしわだらけの顔に一瞬異教的な悪意の閃光を輝かせた。

「若だんな、ちいと寄り込んで女先生にひとつキスしたら、きっとさぞよかろうなあ。」

キルローナン村まで帰り着く二、三マイル手前のところで、僕たちはすこし寄り道して、四人のうるわしきひとびと（キャフラー・アーリン）教会の古い廃墟を見た。その間近に、盲目とてんかんを治す御利益で有名な聖泉があった。

泉のわきに腰掛けていたら、道路に近い小さな家からすごく年取った老人が出てきて、この聖泉が有名になった由来を話してくれた。

「スライゴーの町のひとりの女に息子があっての、生まれつき盲目じゃったが、ある晩、女の夢のなかにひとつの島がでてきて、その島には息子の目を治してくれるありがたい泉があるというわけ。翌朝、見た夢を話してきかせたところ、あるじいさんが、あんたの見た島はアラン島じゃよ、そりゃ、と言ったんで。

その母様（かか）は息子を連れてゴールウェイの海べりまでやってきて、島カヌー（カラッハ）を漕ぎ出して、ほれ、あそこに見えとる崖の窪みがあるじゃろ、あそこの下へ上陸したと。

で、女はうちの親父の——おお神様親父の魂にお恵みを——家までやってきて、これこれこういうもんを捜しとりますが、と尋ねた。

うちの親父はそれに答えて、ほう、そのあんたが夢に見たような泉はたしかにあるから、小僧を案内に立たせてお連れもうしましょう、と言ったわけ。

すると、『いえ、だいじょうぶ、ぜんぶ夢んなかで見てるんだから』と女。

そういうしだいで、女は息子を連れてこの泉までずうっと登ってきて、ついっとひざまずいて、お祈りをとなえはじめたわけ。それで、この母様（かか）が泉に手をのべて湧き水をひとすくいして、息子の左右の目につけるやいなや、息子はこう言ったわけさ。『おお、かあさん、なんときれいな花が咲いとるなあ』」

その後、マーチーン老先生の話題は、若いころやった密造麦焼酎（ポチーン）の大酒盛りや大げんかの武勇伝から、サムソンに次ぐ勇者ディアミッドの物語へと移っていき、ディアミッドとグローニャが共寝したと伝えられる寝床のひとつにまつわる話となった。この寝床岩は島の東のほうに存在する。老先生によれば、ディアミッドはドルイド僧たちのたくらみで燃えるシャツを着せられて殺されたという。この神話的断片は、ディアミッドをヘラクレス伝説に繋ぐものかもしれない。もっとも、この話の起源が「学のある」田舎の私塾（ヘッジスクール）の先生がつくったバラッドに由来するものでないとしたら、の話だけれど。

それから、僕たちはイニシュマーンの話をした。

「あっちの島でも話し相手をしてくれるおじいはおるで。妖精話もたんとしてくれる。だが、このおじいはもう十年がとこ、両手の杖を手放せぬようになってしもうて。ときに、若いときには四つ足で、その後になったら二本足、年を取ったら三本足ってのは聞いたことあるかいな。」

僕が即座になぞなぞの答えを言うと、

「ほう、若だんなはさすがにはしっこい。神様のお恵みがおありだのう。まことに、わたしはいま三本足だけど、もっと年が寄りゃあ四本足に戻るのがならいで。けどな、隣島のおじいよりわたしのほうがましかどうかはわからんわけ。だって、あっちのおじいは目が見えとるが、こっちのおじいは目の前まっくらだからの」と老先生は言った。

僕はようやくイニシュマーンの小さな一軒家に身を落ち着けた。僕の部屋へ開いた扉の向こうには食堂兼居間（キッチン）があって、ゲール語がいつも持続低音みたいに聞こえてくる。

今朝早く、この家の主人が四人漕ぎの島カヌー（カラッハ）——というのは左右に四つずつの櫂が突き出しているボートで、四人がおのおの左右一対の櫂を漕ぐのだ——でアランモアまで迎えにきてくれた。イニシュマーンへ向けて舟を出したのは正午すこし前のことである。

人間がはじめて海へ乗りだしたとき以来、未開のひとびとの役に立ってきたカヌーと同じタイプの、この帆布張りの小舟に乗って、文明から遠ざかっていこうとしている自分じしんにふと気がついたとき、僕は強烈な満足の瞬間を味わった。

僕たちの舟は、貯蔵所としてつかうため湾内に繋留してある廃船にちょっと立ち寄っていかなければならなかった。イニシュマーンの島人が獲った魚を塩漬けだか薫製だかにして保蔵する打ち合わせをするためである。呼べば聞こえるところまで廃船に近づくとすぐに、僕の舟の漕ぎ手のひとりが、うちの舟にゃ一月前までフランスに行っておったお方が乗っとるぞお、と叫んだ。ふたたび出発するときには舳先に小さな帆が上げられ、僕たちの島カヌー（カラッハ）は跳ねおどるようにして瀬戸を横切った。この小舟のすばしこさといったら、大きな船の鈍重な動きとは似ても似つかないものだった。

小さな帆は補助的なものにすぎないので、漕ぎ手たちは帆が上がっても手を休めなかった。そして、四つの漕ぎ座はふさがっているので、僕は船尾の帆布にじかに身を横たえるように乗り込んだ。そうしていると、舟が波を乗り越えるたび、薄板の骨組みがたわみ、ふるえるのがわかった。

僕たちが舟を出したのは四月のある輝かしい朝のことで、緑に輝く波たちが僕たちの小舟を順々に放り投げ、受け取って、運んでくれているようだったのだが、イニシュマーンによほど近づいたころ、僕たちが向かっている岩々の向こう側から突然雷雨が襲ってきて、大西洋の晴朗な気分に一時の騒乱をもたらした。

　僕たちは小さな船着き場に到着した。そこからは、アランモアと同じちっぽけに区分された畑とまる裸な岩畳の間を縫って、でこぼこ道がいっぽん村まで上り坂を描いていた。船頭の末息子が僕の先生兼案内役になってくれることになった。彼は十七歳くらいの若者で、船着き場に待ちかまえていて、僕を家まで案内してくれた。一方、漕ぎ手たちは島カヌー（カラッハ）を引きあげた後、荷物を家まで運んでくれた。

　僕の部屋は民家の片側の端にある。床と天井は板張りで、部屋の両側に窓がひとつずつある。中央は食堂兼居間（キッチン）で、床は土間、天井を見上げるとむきだしの垂木が並んでおり、部屋の両側に扉があって外気を取り込んでいるが、窓はない。食堂兼居間（キッチン）の向こう側は幅半分に仕切られた小部屋ふたつになっていて、おのおのに窓がある。

　この食堂兼居間（キッチン）で僕は大半の時間を過ごすことになるのだが、ここは美しさと非凡さにあふれている。暖炉のまわりに腰掛けを引き寄せて集まっている女たちの衣服の赤は、ほとんど東洋的といっていいくらいの鮮やかな深みを放っているし、泥炭の煙でいぶされてやわらかい茶色になった四方の壁は、土間床の灰色とよく溶けあっている。さまざまな釣り道具に漁網、それから男たちが着るオイルスキンの防水衣が壁に掛かっていたり、垂木の間に見えたりしている。頭の上、屋根裏にのぞく葺き藁の下には、島モカシン(パンプーティ)をつくるための牛皮が一頭分まるまるとってある。

アラン諸島で目にする日用品はひとつひとつがほとんど人格をおびていると言ってよいくらいだ。ここではアートなどというものは知られていないが、これらの日用品のおかげで、簡素な生活に中世暮らしの芸術的な美しさとでも言うべきものが加味されている。島カヌー(カラッハ)や紡ぎ車、それから陶器のかわりにまだまだ現役でつかわれている木製の小さな樽づくりの器や自家製の揺りかご、また、攪乳器(バターつくり)に編みかごなど、どれもが個性にあふれていて、しかもここでふつうに手に入る材料でこしらえられたものたちばかりである。これらの器物はあるていどまでこの島特有のものと言ってよく、ひとびととまわりの世界をつなぐ自然の環のような存在なのだと思う。

衣服の質朴さと統一感もまた、島独特の美的な味わいに貢献している。女たちは赤いペチコートに茜で染めた島ウールの上着をあわせたうえに、たいていは肩からかけた格子柄のショールを胸のまえで交差させて背中で結んでいる。雨天のときには、もう一枚のペチコートをウエストバンドが顔のまわりにくるようにしてかぶるが、若い女性のばあいには、ゴールウェイの町の娘たちと同じ厚手のショールをかぶる。ときにはほかの衣類がもちいられることもある。僕が雷雨のさなかにこの島に到着したとき、何人かの娘たちが男物のチョッキのボタンをきっちりしめて着ているのを目撃した。スカートはくるぶしの下までひきずるような長い丈ではなく、みんなおそろいのように履いている藍色の厚手のストッキングにくるんだ、たくましい脚をみせている。

男たちの衣服には三つの色がある。ナチュラルウールの淡い黄褐色と、藍色、それに、藍色と黄褐色の糸を交互に織り上げたグレーのフランネルである。アランモアでは若者たちの多くは普通の漁師(フィッシャーマン)セーターを着るようになっていたが、この島ではまだひとりしか見かけていない。

フランネルは安価——なにしろ女たちが自分の家の羊の毛を紡いで糸にしたものをキルローナンの織り屋に一ヤード四ペンスで織ってもらうのだ——なので、男たちはチョッキやウールのズボン下をやたらに何枚も重ね着している。彼らは僕の衣服がとても軽いのでたいていびっくりする。島に着いたとき桟橋でちょっと話した男などは、「そんなに薄着で」寒くないかい、と僕に尋ねたものである。

食堂兼居間(キッチン)で波しぶきをかぶった外套を乾かしていると、僕が村へ登ってくるのを見た男たちが話をしにやってきた。彼らは戸口のところで口々に「この家に神様のお恵みを」とかなんとかいう文句をとなえて部屋へ入ってくる。

この家のおかみさんの礼儀正しさには不思議な魅力がある。彼女は英語をまったく話さないので、僕には彼女の言っていることがよくわからなかったけれど、客人の年齢に応じて椅子や腰掛けをすすめる手振りや、彼らが英語にきりかえて会話をはじめるまえに二言三言声をかけているようすをみれば、このおかみさんがどれほど上品であるかはわかるのだ。

まずは僕が島へやってきたことが一座の話題の中心になり、男たちは僕にあれやこれやと話しかけてきた。

彼らのなかには普通の農夫よりも自分の意思を正確に伝えられるひとたちもいたが、ゲール語のイディオムに終始頼り続けるほかないひとたちもいた。たとえば、現代アイルランド語には中性名詞がないので、彼らが英語で「それ（イット）」と言おうとしてもつい「彼（ヒー）」とか「彼女（シー）」が口を突いて出てしまうのである。

なかにひとりふたり驚くほど豊かな英語の語彙をもっているひとがいるが、ほかのひとたちはごく一般的な英単語を知っているだけなので、言いたいことをなんとか伝えようとして器用な言い回しを発明することになる。窮すれば通ずというわけだ。さまざまな話題があるなかで、彼らのお気に入りは戦争である。アメリカとスペインの戦争の話をするとおおいに盛り上がる。ほとんどの家族にも大西洋の向こう側へ渡らなければならなかった親戚がおり、合衆国から送られてくる小麦やベーコンをみんなが食べているので、「アメリカにもしものことがあると」自分たちの島も住めなくなってしまうのではないか、と彼らはぼんやりした恐怖をいだいている。

外国語にかんする話題も大好きである。彼らはみなバイリンガルなので、たくさんの異なる言語でしゃべったり考えたりするというのが、どういうことかよくわかっている。この島で彼らが出会うよそ者のほとんどは言語学の研究家なので、島人たちの認識は次のような結論に達している。すなわち、言語学、とりわけゲール語研究が、島の外の世界では主要な仕事なのである、と。

男たちのひとりはこう言った——「おれはフランス人にもデンマーク人にもドイツ人にも会ったことがあるけど、みんなアイルランド語の本をたくさんもっておったわけ。それで、おれたちよりもよく読むんだからね。今日び、世界中の金持ちのなかでゲール語を研究してないお方はほとんどいないっていうわけさ、ほんとの話が。」

彼らはときどきフランス語の簡単な慣用句を尋ねてくることがある。僕が発音してみせるイントネーションを聴き取ると、彼らのほとんどはそれをおどろくべき正確さで反復することができる。

今朝、ゲール語の先生であるマイケル青年とふたりで島をひとまわり歩くつもりで家を出て、すこし歩いたところで、家へ向かってくるひとりの老人のすがたをみつけた。彼は、本土渡りとおぼしきみすぼらしい黒服を着て、リューマチのために背筋が曲がっているので、遠目には人間というより一匹のクモみたいにみえた。

マイケルが、あのひとはパット・ディラーンだよ、と教えてくれた。アランモアでマーチーン老先生から聞いたストーリーテラーそのひとである。僕を訪ねてこようとしていたにちがいないので、引き返したかったのだが、マイケルはずんずん先へ行ってしまった。

「オレたちがひとまわりして戻ってきても、おじいは火のそばを動きやしないよ。だいじょうぶ、時間はたっぷり、ゆーっくり話せるさ。」

彼の言ったとおりだった。数時間後、僕たちが家の食堂兼居間（キッチン）へ戻ってきたとき、パットおじいはまだ炉端にいて、泥炭の煙に目をぱちくりさせていた。

おじいは、驚くほど的確な英語をよどみなく話す人物だった。僕のみるところでは、若い頃毎年収穫の季節に、何ヶ月かイングランドの田舎へ出稼ぎに行った経験が、彼の達者な英語の秘密である。

型どおりのあいさつをすませた後、おじいは「めんどりバーバ（インフルエンザ）」にやられて脚をひきずるようになったてんまつを語り、それ以来、リューマチに加えて脚にも悩まされているのだ、と語った。

家のおかみさんが僕の午餐（ディナー）をつくってくれている間に、パットおじいは、あんたさんは話は好きかね、ひとつ英語で聞かせましょうか、もっとも、ゲール語で聞いてもらえればそれに越したことはありませんがね、と言って、話をはじめた。

クレア州にふたりの農夫がおりました。片方には息子、もう片方には――こっちは申し分ない裕福者だったですが――娘がおりました。

若者は娘を嫁にもらいたいとおもいましてな、親父さんも、これほどの娘のお輿入れにはずいぶんの金が必要だろうとは承知のうえで、おまえがどうしてもとおもうならプロポーズしてみるがいい、とはげましてくれたわけです。

「オレ、やってみる」と若者は言いました。

若者は金をありったけ袋につめて、娘の父の農場へ行って、主人の目の前にその袋をとん、とおきました。

「それはぜんぶ金かね」と娘の父。

「ぜんぶ金です」とオコーナーは言いました。（若者はオコーナーという名前でした。）

「その金子ではうちの娘の体重ほどはあるまいな」と娘の父。

「ためしてみましょう」とオコーナー。

そこで、ふたりは天秤の片方に娘をのせ、もう片方に金子をのせてみました。すると、娘がのった方の天秤皿がぐいっと下がって地面についてしまいましたので、オコーナーは金袋をとって旅に出ました。

オコーナーが歩いていくと、ちっぽけな男に出会いました。そいつは石垣を背にして立っておったと。

「袋をさげてどこへ行くんだい」とちっぽけな男は言いました。

「うちへ帰るところさ」とオコーナー。

「おまえさんがほしいのはもしかして金子かい」とちっぽけな男。

「そうさ、そのとおり」とオコーナー。

「ほしいもんをおまえさんにやろうか。一年後、おまえさんはおいらに借りた金子を返す。もし返せないときゃ、おまえさんの肉を五ポンド切り取っておいらがもらう。こういうとりきめでどうだ」、とちっぽけな男。

ふたりのあいだに交渉が成立して、ちっぽけな男はオコーナーに金袋をくれました。オコーナーはこの金子のおかげで首尾よく娘を嫁にもらうことができたのです。

今や金持ちになったので、若者は新妻のためにりっぱなお城をたてました。お城はクレアの断崖の上、荒海を一望にみわたせる窓がひらいております。

ある日、若者が妻といっしょにお城に登り、窓から荒海を眺めておりますと、一艘の船が岩礁めがけて近づいてくるのが見えました。船に帆は上がっておりませんでした。見る間に船は座礁、積み荷はお茶とみごとな絹。

オコーナーと妻は座礁船まで下りていきました。レディー・オコーナーは積み荷の絹を見たとたん、あら、これでドレスを仕立てたらすてきだわ、とおもいました。

ふたりは水夫たちから絹を買いまして、船長がお城へ代金をとりにやってきたとき、オコーナーは、晩餐をさしあげたいから後でもういっぺん登ってきちゃくれまいか、と招待しました。それはみごとな晩餐で、食後にはお酒もたっぷり飲みましたから、船長はもう千鳥足気分でした。

酒宴がまだ終わらぬところへ、オコーナーあてに手紙が届いたと。オコーナーの友人が死去したので遠いがやってきてほしいとの知らせ。オコーナーがそそくさ長旅のしたくをしているところへ船長がやってきました。

「だんな、奥方のことは愛してなさるんでげしょうか」と船長。

「愛してるともさ」とオコーナーは答えました。

「だんなが旅でお留守のあいだ奥方が男を誰一人近寄せねえってことに、二十ギニー賭けるってのはどうでげす」と船長がもちかけました。

「おお、いいともさ」とオコーナーは話に乗って、旅に出ていったわけです。

さて、お城の近くの道ばたでこまごましたものを商いしている醜い老婆がおりましたが、レディー・オコーナーは自分の寝室のなかに置いてある大きな長持ち箱を、この老婆が寝床代わりにつかうことを許可しておったと。船長は道ばたの老婆のところへ寄っていきますと、

「おい、いくら出したら、おめえさんの長持ち箱んなかで俺を一晩寝かしてくれる」と尋ねました。

「いくらくれたってそんなことさせるもんかね」と醜い老婆は答えました。

「十ギニーでどうだ」と船長。

「十ギニーじゃいかん」と老婆。

「そんなら十二ギニー」と船長。

「十二ギニーだっていかん」と老婆。

「十五ギニーならどうだ」と船長。

「十五ギニーならさせてやるよ」と老婆は言いました。

そして、船長を寝室へ連れて行き、長持ち箱のなかへ隠れさせてやったわけです。夜もふけてレディ・オコーナーが寝室へ上ってきましたところを、船長は長持ち箱に開いた穴からじいっと見ておりました。レディが指輪をふたつはずして寝台の枕元の炉棚みたいになった板の上にですな、置いて、それからこんどは、服を脱いで、シュミーズはだかになって寝床へもぐりこむまで、見届けたのです。

レディが寝入ったと見るやいなや船長は長持ち箱から抜け出して、そして、火おこしの道具をなにか持っておったのでしょうな、蠟燭に火を点けたと。で、すやすや寝入っておるレディの寝床へ近寄りまして、いや、レディには気づかれぬようにですよ、もちろん悪さもいたしませんで、枕元の板の上から指輪をふたつとりまして、蠟燭を吹き消しましてな、ふたたび長持ち箱のなかへ隠れたというわけ。

おじいがここでひと息つくと、聴衆から深い安堵のためいきがふうっともれた。というのも、おじいが話を語っているうちに、食堂兼居間（キッチン）はどこからともなく集まってきた大勢の男女でいっぱいになっていたのである。

船長が長持ち箱から出てきたところでは、てっきり英語はわからないのだとばかり思っていた糸紡ぎ作業中の娘たちが手を止め、息をのんで話の先を待ちかまえた。

おじいはふたたび話しはじめた――

オコーナーが旅から帰ってくると船長が会いにやってきまして、あたしは一晩だんなの奥方のお部屋へおじゃましましたぜ、と言いながらふたつの指輪を渡しました。

オコーナーは賭け金の二十ギニーを船長に渡しました。そして、お城へのぼり、妻を、例の荒海を見渡す窓のところまで連れて行きました。で、外を眺めている妻の背中をどんと一押し、レディ・オコーナーは断崖の向こうの海のなかへ落ちていったと。

さて、ひとりのおばあがたまたま岸辺におりまして、レディが落ちていくのを見ておりました。おばあは波打ち際まで行きまして、ずぶ濡れで半狂乱になっておったレディを引きあげて、濡れた衣服を脱がせてやり、自分のぼろ服を着せてやったわけです。

いっぽう、オコーナーのほうは妻を窓から突き落としたあと、どこやら田舎へ姿を消してしまったと。

やがてレディ・オコーナーは夫を捜しに出かけます。国中をあちらこちら長いことさまよったあげく、ある農場でわが夫が六十人の男たちと一緒に刈り入れ作業をしているという消息を耳にしました。

レディはその農場へたどりつきまして、なかへ入れてもらおうとしましたけれども、門番がかたくなに門を開こうとしません。そうこうするうちに農場のあるじが通りかかったので、レディは事情を話し、ようやくなかへ入れてもらうことができました。はたせるかな、オコーナーは刈り入れ作業の真っ最中でしたが、妻を知っているそぶりをすこしも見せなかったと。レディは夫を農場主のところへ連れて行き、このひとがわたしの夫なのですと説明して、一緒に帰らせてもらう許可をもらったわけです。

さて、夫をとりもどしたレディ・オコーナーは、馬を調達できる街道筋まで出て、そこから先は馬で行くことにしました。

やがてオコーナーが例のちっぽけな男に出会った場所へやってくると、ちっぽけな男がふたりのまえに立ちはだかって、こう言いました。

「おいらの金子（きんす）は持ってきたかい。」

「いや、持ってこなかった」とオコーナーは答えました。

「それじゃあ、おまえさんの身体の肉で支払ってもらわにゃなんないぞ」とちっぽけな男は言いました。

三人はそこいらの一軒の家に入り、刃物が取り出され、清潔な白い布がテーブルの上に広げられ、オコーナーはその布の上に寝かされました。

そうして、ちっぽけな男が乱切り刀をとってオコーナーの身体へずいっと切り込もうとしたとき、レディ・オコーナーが割り込んできて、

「たしか五ポンドの肉を切り取るっていう約束をしたんでしたよね」と言いました。

「そうですよ。五ポンドの肉だ」とちっぽけな男は答えます。

「血についてのとりきめはしたのかしら」とレディ。

「血のことは決めちゃいねえ」とちっぽけな男。

「わかった、さあ、肉を切り取りなさい。ただし、このひとの血を一滴でも流すようなことをしたら、おまえの頭にこいつを撃ち込んでやるからね。」こう言って、レディは男のこめかみにピストルを突きつけたと。

ちっぽけな男はすごすごと立ち去り、二度とあらわれることはありませんでした。

お城に帰り着いたふたりは立派な晩餐会を開いて、例の船長と、醜い老婆と、レディ・オコーナーを荒海から助けたおばあを招待しました。

みんながおなかいっぱい食べたところで、レディ・オコーナーは、さあみなさんそれぞれのお

話をきかせてくださいな、ときりだしまして、まず、自分が荒海から助けられたときのこと、それから、夫を捜しあてるまでのてんまつを語りました。

つぎに、おばあが自分の話をしました。ずぶ濡れで半狂乱になっておったレディをみつけて、荒海から引きあげて、濡れた衣服を脱がせてやり、自分のぼろ服を着せてやったてんまつですな。

こんどは、レディ・オコーナーが船長に、お話を聞かせてくださいな、と頼みましたが、あたくしは話はねえでげす、と断りました。そこで、レディはポケットからピストルをとりだし、テーブルの縁のところに置いて、お話をなさらないお方にはコレを一発お見舞いすることになってるんですよ、と言いました。

船長はしかたなく、どうやって長持ち箱に入ったか、そして、どうやってレディには指一本ふれずに寝台に近づいて指輪をとったのかを、語りました。

そこで、レディ・オコーナーはピストルをとり、醜い老婆に向けて一発撃ちました。弾は胴体を貫通。みんなで死体を断崖の下の海へ投げ込んだということですな。

これがわたしの話。

大西洋上の濡れた岩にはりついて暮らす、読み書きもしたことのない島人の口から、こんなにも豊かにヨーロッパ文化をめぐる連想にあふれた物語が語られるのを聞いて、僕は不思議な感慨をおぼえた。

貞淑な妻に事件がふりかかるという話のモチーフは、シェイクスピアのシンベリーンの彼方にふりそそぐアルノ川畔の陽光のなかへ、さらに恋の物語をひっさげてフィレンツェからほうぼうへ旅立っていった陽気な一座の連中へと、僕たちの連想をいざなってゆく。また、この物語は僕たちを、マイン川畔のヴュルツブルクの低地にひろがるブドウ畑へと誘い出す。この土地こそ、中世にこの同じ物語が「ループレヒト・フォン・ヴュルツブルクのふたりの商人と貞淑な妻」として語られたところである。

人間の肉を切り取るという話のモチーフはもっと広く分布しており、ペルシアやエジプトから、『ローマ人行状記（ゲスタ・ロマノールム）』、あるいはまたフィレンツェの公証人ジョヴァンニ・フィオレンティーノの『間抜け男（ペコローネ）』にまで類例を拾うことができる。

僕が聞いた物語にあったような、これらふたつのモチーフの結合がゲール人の伝承において見られることはすでに知られており、キャンベルの『スコットランド西部高地地方の民話集』に類話が収録されている。

マイケルはとても足が速いから、一緒に歩くときにはついていくので精一杯で、慎重に足を運んでいる余裕がない。そのため、石灰岩のいたるところに顔をのぞかせている化石の尖った角にひっかかって、僕の靴はずたずたになってしまった。

昨夜、この家の家族はこのことについて協議した結果、僕のために島モカシン（パンプーティ）を一足新調してくれることになった。今朝から履いているのが、その新しい一足である。

この履き物は自然のままの牛の一枚皮でできている。毛の生えたほうを外側にして、つま先とかかとのぐるりを釣り糸でからげて、糸の両端を靴の甲のところで結ぶようになっている。

夜、脱いだ後の島モカシン（パンプーティ）はたらいに張った水のなかにつけておく。ざらざらな獣の生皮が乾燥した状態で足を入れると、皮膚や靴下を痛めやすいからである。同じ理由で、島人たちは足をいつも湿った状態にしておくため、行動中ひんぱんに波打ち際へ足を運ぶ。

新品の島モカシン（パンプーティ）に足を入れて歩きはじめたとき、僕は深靴を履いたときと同じつもりで、かかとに体重をかけて足を動かしていた。そのおかげで、足を傷だらけにしてしまったが、二、三時間歩いてみると、人間の自然な歩き方がわかってきて、マイケルについて島のどこへでも行けるようになった。

島の北の方の断崖のすそに、およそ一マイルほど、岩から岩へ飛び移るようにしていかなければ通過できないところがある。この場所にさしかかったとき、足指には自然な使いみちがそなわっているのだと、はじめてわかった。というのも、ふと気がつくと、僕じしんの身体が、目の前の岩の小さな裂け目めがけてジャンプしたり、足の筋肉全体を痛くなるほどこわばらせて、足指で小さな足がかりをつかもうとしたりしていたからである。ヨーロッパふうの重たい深靴がなかったおかげで、島人たちはいまでも野生動物のように身軽な歩き方ができる。また、暮らし全般が素朴なおかげで、彼らはそのほかのさまざまな点でも完璧な肉体に恵まれているのだ。島人たちの暮らしかたは、身近に暮らしている生き物たちの巣やねぐらが手本になっており、人工的なものは眼中にない。また、彼らの肉体はある意味で、労働者や市民よりも、自然の理想をめざして人工的に育て上げられた貴族階級の、より完成された類型に近い。それはちょうど野生馬が、雑用馬や荷馬車馬よりもサラブレッドに似ているのと同じことである。同様の自然な発達をとげた肉体をもつ部族は、文明化のゆきとどかない国にはしばしば存在するであろうが、ここの島人たちのばあいには、野生動物のさまざまな美質に古代社会の洗練が混ざり合って、非凡な効果をあげている。

マイケルと歩いているとき、僕に寄ってきて、いま何時かね、と尋ねるひとが多い。だが、ほとんどの島人たちは、近代的な時間の数え方について漠然とした理解しかもっていないので、僕の時計ではいまこれこれの時刻ですよ、と答えても満足せず、日暮れまであとどのくらいあるのかね、と聞き返してくるのである。

奇妙なことに、この島で今がだいたい何時ごろかがわかるかどうかは、そのときの風向きにかかっている。僕が今いるこの家もそうだが、島のほぼすべての家には、向かい合わせにふたつの扉がついていて、風が吹き込まない側の扉を終日開け放って、室内に光をとりこむのが常である。北風の日には南側の扉を開放するから、戸口の両側の側柱の影が食堂兼居間(キッチン)の床をじりじり動いていくのが時計の代わりになる。しかし、風向きが南に変わったとたん、こんどは北側の扉を開けることになるので、簡単な日時計をつくることさえ考えたことがない島人たちは、途方に暮れるしかない。

扉口をこのように開け閉めする方式のおかげで、つぎのような興味深い事態が起きることになる。村でいつも見られる光景は、すべての家の同じ側の扉が開け放たれて、戸口に女が腰掛けているというものだが、この時、反対側を覗いてみれば、どの家の扉もみな閉じられてひとの気配はまったくない。ところが、風向きが変わるやいなやすべてがいっせいに反対になる。一時間ほど散歩した後村へ帰ってくると、なにもかもが反対側へ移動していることもすくなくないのだ。

僕が泊まっている家のばあい、どちら側の扉を開けるかによって、食堂兼居間(キッチン)の雰囲気が、中庭と小道を見渡す光にあふれた部屋から、大海原がどーんと見える薄暗い穴ぐらへと、がらりと変貌する。

北風の日には、この家のおかみさんは僕の食事をかなり規則的な時間にこしらえてくれるのだが、それ以外の風が吹いている日には、夕食が六時でなく三時に出てくることがしばしばある。まだ早いから、と僕が断ると、おかみさんはその食事を泥炭のとろ火で三時間保温しておいて、ちゃんと暖まっているか不安そうな顔をしながら、六時にもってくる。

この家のおやじさんは、あんたさんが帰るときには置き時計を置きみやげにしてくださらんかなあ、と言っている。家にあんたさんからの贈り物があればあんたさんのことを忘れないためにもいいし、置き時計なら便利だし、時計の文字盤を見るたんびにわしらはあんたさんのことを思い出すことができるし、と言う。

正確な時刻を知る習慣がないために、島人たちには規則正しく食事をとる習慣がない。夕刻には家族一緒に食事をとるようだし、ときには朝も、夜明けの直後ごろ、みんながそれぞれの仕事に出かけるまえに家族そろって食べているようである。だが日中は、それぞれが空腹を感じたときに、紅茶一椀にパン一切れをつまんだり、じゃがいもを食べたりしている。

野外で働く男たちは奇妙なくらい小食である。マイケルはじゃがいもの雑草取りをするときなど、八時間から九時間ぐらい飲まず食わずの出ずっぱりで作業した後、帰ってきて自家製のパンを二、三切れ食べると、もう準備オーケーで、ひきつづき僕と一緒に何時間も島を歩きまわってもへっちゃらである。

島人たちはベーコン少々と塩漬けの魚以外は、動物性の食物をとらない。おかみさんは、ベーコンにしてないまっさらの肉なんか食べたら具合が悪くなる、なんて言っている。

紅茶や砂糖や小麦粉がふつうに食卓にのぼるようになるまえの時代には、塩漬け魚が今よりもっと欠かせない食料だったらしく、その時分には皮膚病で悩むひとがずいぶん多かったそうだが、今ではどの島でもそんな病気はまれである。

灰色の雲と海ばかり見て何週間か暮らしたことのないひとには、女たちの赤い衣服を見たときの喜び、とりわけ今朝早く僕が見たような大勢の女性が集まっているのを見たときの喜びは、想像がつかないだろう。

二、三日後に本土で家畜市が開かれるので若い牛を搬出すると聞いて、僕は早起きして、まだ夜が明けぬうちに桟橋まで見に行った。

ゴールウェイ湾は雨を呼びそうな薄闇につつまれていたが、薄い雲の向こうから銀白色の光が海面に射し、コネマラの山並みはふだん見られないほど深い青色に染まっていた。

砂丘を横切っていこうとしたとき、灰褐色の帆をかかげた一本マスト船（フッカー）がゆっくり滑るように船出していくのと、いれちがいにもう一艘が桟橋めがけてゼットの字を描きながら帆走していくのが見えた。島のあちこちから、たいていは女たちに追い立てられて集まってくる赤い牛の群れが、海と岩をへだてる細長い草地の緑のゾーンを背景に、新鮮な色彩的調和をつくりあげようとしていた。

桟橋は去勢牛とたくさんのひとびとでごったがえしていた。その群衆のなかに、近寄る者すべてに向けて驚くべき輝きを発しているように見える娘が目にとまった。独特な小鼻の形と尖ったあごのためにちょっと魔女のような風貌にも見えたけれど、髪と肌の美しさのおかげで、彼女は非凡な魅力を放っていた。

空荷の一本マスト船（フッカー）が接岸したとき、潮位が低く、甲板が桟橋の高さより何フィートも低かったので、マストのてっぺんから吊したロープで牛たちをつり下げて、船へおろすことになった。が、これが悪戦苦闘と大混乱の見ものになった。牛たちのなかには、飼い主を道連れにして海へ飛び込まんばかりの勢いで暴れまくり、逃げようとするものがいた。しかし、そんな牛たちもほれぼれするような手際で手なずけられ、不幸な事故などひとつも起こらなかった。

覆いのない船倉が立錐の余地もないくらい牛でいっぱいになると、飼い主たちが甲板に飛び乗って、いよいよ出帆となった。男たちには妻や女きょうだいがつきそっているが、これはゴールウェイの町で男たちが調子に乗って散財するのをけん制するためである。船を見送った直後に、こんどはコネマラの泥炭を積んだ、見るからにおんぼろな一本マスト船（フッカー）が到着した。荷下ろしをしている間、桟橋の縁にずらりと腰を下ろした島の男たちがこの船の木材のくたびれ加減の評定をはじめたので、ついに船主たちが怒り出すしまつとなった。

そうこうするうちに潮位が低くなり、桟橋に船を接岸できなくなったので、南東部の砂浜に場所を移して、残りの牛を浜から積み込むことになった。波打ち際から八十ヤードほどのところに

一本マスト船(フッカー)の船主

錨を下ろした一本マスト船(フツカー)のところまで、一艘の島カヌー(カラッハ)が数頭の牛を綱で引きながら漕いでゆく。去勢牛は一頭ずつ荷縛り綱で胴巻きにされているが、この綱をつかって一本マスト船(フツカー)の甲板に引っ張り上げられるのである。左右の角がもう一本の綱で縛られており、その綱の先は島カヌー(カラッハ)の船尾に乗った男がつかんでいる。牛はこの態勢で浜から沖へ向かって波間を無理矢理歩かされ、もがく間もなく深みにはまる。そして、綱で引っ張られるまま、ほとんど泳ぐようにして一本マスト船(フツカー)までたどりつき、なかば溺れた状態で甲板へ引きずりあげられるのだ。

砂浜では自由に動けるので牛たちの反抗心がかき立てられるらしく、なかには危険な乱闘をくりひろげた後にようやく捕まえられる牛たちもいた。一発で牛をうまく捕えられるとはかぎらない。僕が見た一頭の三歳牛などは、左右の角にふたりの男をひっかけたうえに尻尾につかまったもうひとりをひきずったまま砂浜を五十ヤードも駆けずりまわった後に、ようやくおとなしくなった。

この作業がおこなわれている間、娘たちや女たちは崖の上に集まって、大声で冷やかしと賛辞の入り交じった声援を送りつづけていた。

家へ帰ると、おかみさんの娘のひとりが付き添いで本土へ行ったとのことで、彼女の生後九ヶ月になる赤ん坊がおかみさんにあずけられていた。

ただいま、と扉を開けると、ちょうどおかみさんが僕のために午餐(ディナー)をつくっている最中で、いつもこの時間にやってくるパット・ディラーンおじいが揺りかごを揺らしていた。この揺りかごは、不器用な編み枝細工の底に二個の木片をぞんざいにとりつけて揺り子としたシロモノで、僕が自室にいる間じゅう、揺り子が床に当たるどっすんどっすんというおそるべき音が聞こえてきた。目覚めているときは床をはいはいして遊ぶ赤ん坊に、おかみさんはいろいろな子守歌を歌って聞かせる。ことばはよく聞き取れないが、どの歌も音楽的魅力にあふれている。

この家に同居しているもうひとりの娘も家畜市へ出かけてしまったので、おかみさんは、暖炉の脇のくぼみを巣にしている鶏たちにくわえて、赤ん坊と僕の面倒までひとりで見なければならなくなったのである。お茶をいれてもらうときやおかみさんが水を汲みに出たときなどは、どっすんどっすん担当の係が僕にまわってくる。

三島にいくつかある城砦（ドゥーン）――異教時代の砦のことだ――のなかでも最大級のもののひとつがこの家の間近にあるので、僕は午餐（ディナー）の卵料理や塩漬けポークを食べた後など、散歩がてらしばしば上がっていっては石組みのうえでぼんやりとタバコをふかす。近所のひとたちは僕のこの習慣を知っているので、上まで登ってきて、最近の新聞にどんなニュースが載っていたかとか、アメリカの戦争になにか進展はあったかなどと、尋ねてくることもよくある。誰も来ないときには、いにしえのフィル・ヴォルグ族が触れた石積みに本を立て掛け、太陽の爽快な暖かさに抱かれてしばらく昼寝をする。このところ二、三日などは、ほとんどこの円砦の上で暮らしたといってもいいくらいだ。というのも、ちょっとした見込み違いで家の泥炭が底をついてしまったため、牛糞——これは島ではごくふつうの燃料である——を燃やしてつなぎにしたのだけれど、この煙が僕の部屋まで侵入してきて、机やベッドにうす青い灰を積もらせるのに辟易したからである。

幸いお天気はいいので、毎日陽光を浴びることができる。石積みのてっぺんから見渡すとほとんどすべての方角に海原が見え、北と南には海の彼方に連なる山並みが見える。見下ろせば東の方に集落があり、家々のまわりで立ち働いている赤い人影が見える。ときどき、会話や島の古い歌のきれはしが風に吹き上げられて、ここまで聞こえてくることもある。

赤ん坊は歯が生えかかっていて、ここ数日泣いてばかりいる。母親が家畜市に出かけているため、この子は牛乳を飲まされているのだが、それがしばしばちょっぴり酸っぱいのだ。それに加えて、僕の見るところでは、与える分量がいささか多すぎるようでもある。

今朝はこの赤ん坊があまりにぐずるので、村に住む乳母が呼びにやられた。じきにやってきたのはすこし東のほうに住む若い女で、赤ん坊に自然な飲み物——母乳——を与えた。

その数時間後に、パットおじいとおしゃべりしようとおもって食堂兼居間(キッチン)へ入っていくと、別の女が赤ん坊に母乳を飲ませているところだったが、この女がへんに色っぽい表情をしているのが目についた。

パットおじいは不貞な妻の物語を語ってくれた。その話はこれから書き記すことにする。物語を語り終えた後で、おじいはこの女となにやら道徳談義をはじめて、そのやりとりが、おじいの物語を聞きに集まってきていた若者たちにおおいに受けていた。しかし、残念ながら、ゲール語のやりとりが早口すぎて僕にはなかみを聴き取ることができなかった。

おじいは自分の病気や老い先短いことなどを哀れっぽく語るのがつねなのだが、ときおり、北の大島(アランモア)のマーチーン老先生を彷彿とさせるユーモアを発揮することがある。今日は、おかみさんの足元の床にへんてこな安っぽい人形がころがっていたのを見つけて、拾いあげると、おかみさんと見比べるかのようにまじまじと眺めた。そして、その人形を掲げて、こんなことを言い出した――「おや、奥さん、この子はあんたが産んだのかいな」。

さて、おじいの話。

ある日のこと、ゴールウェイからダブリンまで歩いて向かっておったときのことですが、その晩泊まるつもりだった町までまだ十マイルもあるっていうのに、日が暮れてしまいましてな。おまけに雨がひどく降り出してきたし、歩き疲れてもおりましたから、街道沿いに家みたいなものが見えたときには、そいつには屋根がなかったですが、せめて壁でもあれば雨をしのげるわい、と逃げ込んだわけです。

で、周囲を見回してみますというと、二パーチほど離れた木々の間に明かりが見えました。ほう、どんな家だってここで雨宿りするよりはましだわい、とおもいまして、わたしは石垣を乗り越えてその家のところまで近づいて、窓を覗き込んだわけです。

テーブルの上には死んだ男が横にしてありまして、蠟燭がともされて、女がひとりで死体を見つめておるところ。死体を見てさすがにびくりとしましたが、雨が激しく降っておったこともあって、死んだ人間が悪さすることもありゃせんだろ、と自分に言い聞かせまして、扉を叩きました。女はこっちへきて扉を開けてくれましたな。

「奥さん、こんばんは」とわたしがあいさつしました。すると女は、

「おやこんばんは。旅のお方。雨が降ってるから中へお入り」と答えてくれました。

そうして、女はわたしを家へ入れてくれまして、夫が死んでしまったので通夜をしているところ、と言いました。

「旅のお方、あんたはきっとのどが渇いているんだろう。客間のほうへ入っておいで」と女。

というわけで客間に通してもらいましたが、これが立派で清潔な家でして、テーブルについたわたしの目の前には、ちゃんと受け皿に載った茶碗に上等な砂糖とパンが添えて置かれました。

お茶をごちそうになった後、死んだ男が寝かせてある食堂兼居間(キッチン)へ戻りますと、女はテーブル

に置いてあった真新しい上等な陶製パイプを一本とってくれて、ウイスキーも一杯くれましてな。「旅のお方、あんた、このひととふたりきりにされたら怖いかい」とこう尋ねました。

「奥さん、ちっとも怖いことなんかありません。死人にゃ悪さはできませんから」とわたしは答えました。

するとと、女は、これからひとっ走り行って、ご近所のひとたちにうちの亭主が亡くなったことを知らせてこなくちゃならないんだ、と言い残して、扉に鍵を掛けてどこかへ行ってしまったんです。

わたしはもらったパイプで一服つけてから、テーブルにかがみこんでさらにもう一本パイプを手にとりました。わたしは片手を椅子の背もたれに掛けてですな、そう、ちょうど今あんたさんがしてなさるのと同じ姿勢でタバコをくゆらせておったのですが、おお神様、そうやって死人のほうを見ておったところ、相手がかあっと目を見開いて、こっちを見返したじゃありませんか。

「怖がることはねえよ、旅のひと」と死人は切り出しました。「おれは死んでなんかいねえんだ。こっちへ来て起きあがるのを手伝ってくれ。そしたら、どういうことか話してやるから」、と。ええいままよ、と立ちあがって、死人から覆い布を引きはがしてみると、男は上等で清潔なシャツと上等なフランネルの下履きをつけておりましたな。

男は上半身を起こすと、こう言いました――

「旅のひとよ、おれの女房は悪いやつでな、尻尾をつかまえてやろうとおもって、おれは死んだふりをしているんだ」。

そう言って、女房を懲らしめてやるためにとってあったんだという二本の上等な杖を身体の両脇にしっかり抱え込むと、男はまた、死んだように寝てしまったわけです。

半時間もたったころ、女は若い男をひとり連れて帰ってきました。それで、女はその男に軽い食事をつくってやると、あんたはもう疲れただろ、寝室で休んだらいいよ、と言いました。

若い男は寝室へ消えて、女は死人を見守るために腰を下ろしました。ところが、しばらくすると、女は、「旅のお方、あたしは寝室から蠟燭をとってくるよ。若いひとはもう寝入っただろうから」と言って、寝室へ入っていきました。そして、いっこうに出てくる気配もありませんでしたな。

さて、死人はすっくと起きあがりまして、杖の片方を握りしめ、もう一本はわたしに渡しました。男といっしょに寝室に踏み込むと、女の頭は男の腕枕のなかで、なかよくねんねしておったわけで。

死んだ男が杖を振り上げて若者に一撃をくわせると、血がぱっと飛び散って、ランプの火屋受けにまでかかったのでした。

これがわたしの話。

こういうたぐいの物語を語るとき、おじいはいつも一人称で語る。そして、おじいじしんが話の現場に居合わせていたことを証明しようとして、詳細な部分までていねいに話して聞かせるのがつねである。

この物語のばあいも、はじめのところで、おじいがそのときダブリンへ出かけることになった理由について、また、ダブリンの一等立派な街角で会う予定になっていた金持ち衆ひとりひとりについて、長々と説明したのであった。

来る日も来る日も霧がたれこめて一週間になる。僕は、流刑になって寂しさをかみしめているかのような、不思議な感覚をあじわっている。ほとんど毎日島を歩き回っているけれど、見えるものといったら濡れた岩の塊と波が寄せては砕ける細長い浜、聞こえてくるのは波の音だけ。石灰岩の岩畳はしたたる水にうるんで漆黒になり、どこへ足を向けても、狭く仕切られた土地のうえを灰色の霧が執念深くのたくって、からみついているばかりだし、荒石を積み上げた石垣の隙間で悲鳴をあげ、びゅうびゅうと口笛を鳴らす風が訴えている泣き言もいつも同じだ。

はじめのうち、島人は自分たちを包囲する茫漠とした広がりにそれほど注意を払っていないようにみえる。ところが二、三日たつと食堂兼居間(キッチン)で話す彼らの声は沈み込んでいき、豚や牛をめぐるはてしない談義は、幽霊屋敷で物語を語りあう者たちのささやき声のように低くなっていく。

雨は降りつづいている。だが、今晩は食堂兼居間（キッチン）に若者が大勢集まってきて、漁網のつくろい作業がおこなわれ、密造麦焼酎（ポチーン）も一瓶、隠し場所から持ち出されてきた。

この崩れ落ちんばかりの断崖のてっぺんで、島人たちがワインを飲んでいるなどという情景は、ちょっと想像できない。しかし、人間の血流に歓喜の衝撃をもたらす、彼らの灰色の密造麦焼酎（ポチーン）は特別だ。こいつは、霧に閉ざされ、忘れ去られた世界に住む住人たちを正気のまま保つために、運命が確保してくれた飲料であるように思われる。

僕は沸き上がってくる陽気な気分を味わおうとして、夕刻の間しばらく食堂兼居間（キッチン）にいたが、日没後、自室に引っ込んでからも、焼酎瓶が一巡するたびにこの家の息子のひとりがやってきては、僕のグラスにもきっちり分け前を注いでくれた。

ようやく雨が上がり、太陽が輝いている。その明るい暖かさは島全体を宝石の輝きできらめかせ、海と空を輝かしい青い光でいっぱいにした。

僕は岩のうえに寝ころんでやろうと思ってやってきた。ここからは北の大島（アランモア）の黒い断崖が正面に見え、右手にはあまりに青すぎてまっすぐ見ると目に痛いゴールウェイ湾が広がり、左手には大西洋が横たわり、くるぶしの直下には切り立った崖が落ち、見上げれば、カモメが大きな群れをなしておたがいに追いかけあっている。たくさんの翼が真っ白な巻き雲のようだ。

近くに頭巾ガラスの巣があるようで、親鳥の一羽が僕をめがけて、石ころを投げ落とすみたいに繰り返し急降下してきては、僕を追い払おうとしている。高度四十ヤードくらいのところから手を伸ばせば届きそうな地面近くまで急降下してくるのだ。

シロカツオドリたちは島の間の瀬戸の上空を舞い上がり、舞い降りて、ときおりサバをめがけて急降下する。はるか彼方には、西の深い海で夜間の漁をするために船団を組んだ一本マスト船（フッカー）の群れが、キルローナンから出航してゆくのが見える。

ここに寝そべって何時間も過ごしていると、この崖で野生の動物たちが繰りひろげる遊びのなかに僕じしんも混じってしまい、鵜やカラスの仲間になったような気分になる。

たくさんの鳥たちが僕の目の前で、未開人が自慢気にやってみせるような妙技を披露してくれる。僕の存在が目に入っているかぎりは見たこともないような旋回をあれこれ見せてくれるのだが、僕がふっと立ち去ると、鳥たちも岩棚のねぐらへ退場してしまう。なかにはすごく芸達者な鳥たちもいて、一度も羽ばたかずにとてつもなく長い時間滑空し、優雅な模様を空に描く。だが、かれらは自分たちの芸に熱中するあまり、しばしば空中衝突することがある。そんな接触事故の後には、必ず喧しいののしりあいが起こる。鳥たちのことばはゲール語よりも簡単だ。僕には返答することこそできないけれど、鳴き声の大部分がわかる気がする。かれらががやがや騒いでいる最中に、ふと哀調に満ちた一声が発せられることがある。この一声には驚くべき効果があって、崖のねぐらの鳥たちはこの声音をことばにならない嘆きのように、口々に伝えていくのだ。そのさまはまるで、かれらが一瞬の間、霧の恐怖を思い出したかのようである。

東の方の低い岩畳のうえで、たくさんの赤と灰色の人影が忙しそうに働いているのが見える。陰鬱な昨日の晩から輝かしいばかりの今日へと移り変わったこの島の様相を眺めていると、こうした気象の変貌が、芸術家やある種の精神錯乱を抱えた人間によく見られるような、歓喜と落胆の起伏が激しい気質と似通った気質を、ここに住むひとびとにも与えているように思われる。とはいえ、僕がこの島の精神のほんとうのあらわれをかいま見ることができるのは、古い旋律の断片やちょっとしたおしゃべりの抑揚においてだけである。というのも、ふだんの島人たちといえば、仲良く腰を下ろして、潮の干満と魚のことやらコネマラでのケルプ相場やらをめぐって、はてしなく談義しているばかりだからである。

今朝、ミサの後、ひとりの老婆が埋葬された。僕の家の隣に住んでいたひとである。昼前に一度ならず、哀悼歌（キーン）がかすかに響いてくるのが聞こえた。弔問客の邪魔になってはいけないと思い、僕は通夜に出るのは遠慮したが、きのうは宵の口のあいだ、裏庭から金槌の音が聞こえていた。

見物人が見守る中、近親者たちがゆっくり棺をこしらえていたのだ。今日は、葬列が出発するまでの間、道ばたにたむろしていたたくさんの男たちに密造麦焼酎（ポチーン）がふるまわれ、部屋にいた僕のところにまで一杯持ってきてくれた。やがて、ゆるく綴じ合わせた帆布にくるまれた棺が運び出された。棺の上面に縛りつけた三本の横木を取っ手に、地面すれすれに吊り下げるようにして、棺は運ばれていった。葬列が島の東の低地までたどりつくと、島の男たちのほぼ全員と、島で最も高齢の女たちのすべてがペチコートを頭にかぶったいでたちであらわれて、葬列に加わった。

墓穴を掘っている間、萌えだしたワラビの淡い緑の房飾りで縁取られた平らな墓石があちこちに横たわるところに女たちが座りこんで、死者のために声をあげて泣く哀悼歌（キーン）を、狂おしい調子で歌いはじめた。老女たちはかわるがわる先にたって叙唱（レチタティーヴォ）を歌った。叙唱を受け持つ老女はしばらくの間、深い哀悼に我を忘れたかのように身体を揺すり、目の前の墓石に額をすりつけんばかりに前屈みになったりしながら、延々と繰り返される泣き歌を死者に歌って聞かせた。

墓地のあちらこちらに座りこんだそのほかの老女たちも、頭にかぶった深紅のペチコートの下から皺だらけの顔をのぞかせ、同じリズムで身体を揺すりながら、ことばがよく聞き取れない歌を歌い、その歌にあわせて全員が伴奏のように唱和した。

その朝はみごとな晴天だったが、棺を墓穴に下ろすころには、頭の上で雷がゴロゴロ鳴りはじめ、雹（ひょう）がワラビの茂みにパラパラ音をたてて降ってきた。

イニシュマーンでは、いやがおうでも人間と自然の間に共感関係があることを信じる気持ちにさせられてしまう。女たちの歌にかぶせるように雷が鳴らす、弔いの鐘の荘厳な音が天から舞い降りた今まさにこの瞬間、僕は自分の周囲の参列者たちの顔が感情のたかぶりでこわばり、ゆがむのを目のあたりにしたのである。

棺が墓穴におさめられ、雷がクレア州の丘の彼方へ去っていってしまうと、さっきよりももっと激しい感情のこもった哀悼歌(キーン)が再びはじまった。

哀悼歌(キーン)にこめられたこの悲しみは、八十歳をこえて死んだひとりの女の死を悼む個人的な嘆きではなくて、島に生まれた人間ひとりひとりの内面のどこかに潜んでいる、激しやすい憤怒の総体とでもいうべきものをふくんでいるように思う。この苦悩の叫びのなかに、島人たちの内なる意識が一瞬だけむきだしにあらわれているように思うのだ。また、この叫びには、風や海を武器にして人間に戦いを挑んでくる宇宙と向かい合って孤独感を感じている人間存在のすがたも、あらわにされているようだ。島人たちはふだんは物静かだが、死に直面すると、うわべによそおっている無関心や辛抱強さをすっかり忘れ、誰ひとりとして免れることのない運命の恐ろしさに向かって、あわれな絶望の叫びをあげるのである。

棺の蓋を閉じる前に、ひとりの老人が墓穴のそばにひざまずいて、死者のために短い祈りをくりかえしとなえた。

異教的な死にものぐるいの絶叫の後で声がまだかすれているときに、カトリック信仰に基づいたこのような償いのことばがとなえられるのは、皮肉な感じがした。

墓穴のすこし向こうの、天井が抜けて石の骨組みだけになった教会の壁の陰になったところに、さっき哀悼歌（キーン）を歌った老女たちがずらりと並んで座っていた。彼女たちはまだすすり泣いたり、悲しみに身を震わせたりしていたが、日常の暮らしの些細なことをめぐるおしゃべりに戻っていきはじめていた。こうした話題が、世界のなかにある恐怖から人間をかくまってくれるのである。

僕たちみんなが墓地の外に出ると、今朝棺を運び込むために石積みを崩した石垣の穴を、ふたりの男たちが積み上げて元通りにした。そして、村へ帰る道々にはいろんなおしゃべりや冗談が飛び交って、まるで舟揚げ斜路（ボートスリップ）か桟橋からの帰り道みたいな雰囲気になった。

ある男が、葬式の場面でまま起こることのある密造麦焼酎（ポチーン）の飲み過ぎについて、こんなふうに語ってくれた。

「すこしまえのことだがね、酒が入った男たちがふたり墓地でぶったおれたことがあった。その日は海が荒れてたもんで医者を呼びに行けなくてな、ひとりのほうはついに伸びたまんまでのう、その晩、おだぶつしちまったで。」

つい先日、この家の男たちが新しい畑をこしらえた。裏庭の石垣の下にわずかな盛り土があって、キャベツを植えている畑の隅にもうひとつの盛り土があった。おやじさんと長男が金鉱を掘るひとのような細心の注意をはらってこれらの盛り土を掘り返し、マイケルがその土を背負いかごに集めて、家の地所のなかでも風当たりの少なそうな岩畳のところまで運んだ。この島には車輪のついた運搬道具はないので、背負って運んだ土に砂と海藻を混ぜ合わせ、平たい岩畳の上に一様な厚さで敷き詰めて、畑としたのである。

島のじゃがいも栽培のほとんどはこの種の畑でおこなわれている。こんな畑でも借りるにはかなりの地代を払うのだが、日照りが続くとまともな収穫の望みはたいていかなわぬことになる。

このまえ雨が降ってから今日で九日目、太陽はまだそれほどひどく照りつけているわけでないけれど、ひとびとは心配そうにしている。

日照り続きは水不足をまねくことにもなる。島のこちら側には二、三カ所の湧き水があるが、どれも近くの水脈から流れ出る泉にすぎないので、暑い季節には頼りにならない。この家で使う水は女たちのだれかが桶で汲んでくる。汲んできた水をすぐにほかの容器に移し替えればずいぶんましなのだけれど、しばしば桶に入れっぱなしになっているので、何時間かたつと臭いも色も味も耐え難いものになってしまう。洗い物に使う水も不足してくる。そして、引き潮のとき海岸を歩いていると、イソギンチャクやカニがいる潮だまりのなかにペチコートのすそをまくりあげて突っ立って、フランネルの洗濯をしている娘を見かけることがよくある。娘たちが赤い胴着を着て、白くて先細になった両脚をあらわにし、海藻を額縁にして大西洋の水際にたたずんでいるすがたは、南国の鳥さながらに美しい。だが、マイケルは彼女たちのすがたが目にはいるとそわそわしだすので、僕としてもおちおち立ち止まって眺めているわけにはいかなくなる。こんなふうに海水を使って洗濯する習慣のために、島ではリューマチに悩むひとが多い。塩が衣服に残って、いつも湿った状態になってしまうからである。

ひとびとはこの日照りを好機ととらえてケルプ焼きをはじめたので、アラン三島は今、灰色の濃い煙に覆われている。だが、今年はあまり大量のケルプ灰は生産しないつもりだという。島人たちは不安定なケルプ相場に落胆しており、もうけの保証がない手作業には気が進まないからだ。

一トンのケルプ灰をつくるためにはかなりの作業を要する。まず、秋から冬にかけて嵐が去った後にはいつも浜で海藻を集めてくる。その海藻を晴れた日に乾燥させ、うずたかく積み上げて、六月のはじめごろまでとっておく。

こうしてためこんだ海藻を、浜に築いたずんぐりした形の窯で焼く。このケルプ焼きは十二時間から二十四時間ぶっ続けの重労働になるが、僕の見るところ島人たちはあまり手際がいいとはいえないようで、必要以上に焼きすぎて売り物にならない結果をまねいてしまう部分もあるようだ。

焼け熔けたケルプが二トンほどたまると窯は満杯になる。そして、窯が満杯になると焚き口を石でざっと覆って、冷えるのを待つ。二、三日もすると窯のなかのケルプ灰は石灰岩のように固くなるので、かなてこでぶち割ってから、島カヌー（カラッハ）に積んでキルローナンへ持って行く。キルローナンでヨード含有量の検査がおこなわれ、品質に応じて支払いがなされるというわけである。かつては、よい品質のケルプは一トン七ポンドで売れたが、今では四ポンドに届かないこともある。

アラン島では、生産労働でさえ興味深い見ものとなる。炎の舌をのぞかせるずんぐりした窯がクリームのような煙の濃い雲を吐き出し、その周囲では赤と灰色の服を着たひとびとが薄煙のなかで作業している。そこへ、妖精にさらわれないようペチコートを着せられた男の子たちや女たちが飲み物を持ってくる。こうした情景は、東洋の絵画に見られるような変化と色彩をかもしだしている。

男たちは、自分らの島は独特なんだと感じているようすで、自分たちの仕事ぶりを自慢げに僕に見せようとする。きのう、ひとりの男が僕にこう尋ねた――「あんたさんはこういう作業をきょうまで見たことがないんじゃないかとおもってるんだが、どうだね。」

「そのとおり、これがはじめてなんですよ」と僕が答えると、相手はこう言った。

「こいつぁたまげた。フランスもドイツも見て、ローマの教皇聖下にまで会ったというお方が、イニシュマーンへ来るまで人間がケルプをつくっておるのを見たことがなかったとは、おおいなる驚異だなあ。」

ケルプ焼き

夏の間この島には牧草がないので、島の馬たちはみな六月から九月末まで、コネマラの丘陵地へ送られて放牧されることになっている。

馬たちの運搬作業は、角のある家畜のばあいよりもいっそう面倒である。馬の大半は気性の荒いコネマラ・ポニーで、力が強いうえに臆病なため、狭い桟橋の上で思い通りにあやつるのはたいへん困難なのだ。さらに、一本マスト船に乗せたはいいが、狭い空間に安全に立たせておくことも容易ではない。馬たちも、すでに述べた去勢牛たちと同じやりかたで船に積み込むのだが、興奮の度合いはずっと激しく、馬が桟橋から突き落とされる瞬間から船倉に落ち着くまでの間に沸き起こるゲール語の嵐のようすは、筆舌につくしがたい。二十人あまりの少年と男たちがほとんど自分でも何を言っているのかわからぬまま、興奮にまかせて怒鳴り、叫び、悪態をつき、警告を発するのである。

ところが、このいっそ原始的と言いたくなる大騒ぎを別にすれば、男たちの手際のよさと力量がこれほど見事に発揮されているのを目の当たりにしたことは、かつてなかった。とりわけ僕は、今朝、アランモアから来て馬を積み込んでいった一本マスト船の船主に目を見張った。彼は、マストのてっぺんから吊り下げられた馬が揺れている反対側で、自分ひとりの体重だけを利用してロープを持ちこたえてみせ、現場の興奮がもっとも激しくなった瞬間にも、ユーモアを含んだ平静さを失わなかった。またあるときには、大きな成熟した雌馬がほかの馬たちの背中の上に横向きに下りてきてしまい、むやみに蹴りはじめた。それを見た馬主たちが、自分の雌仔馬たちが蹴られないよう守ろうとして、船倉へわらわらと飛び込んで持ち馬にまたがったので、船倉内が半人半馬(ケンタウロス)たちの渦と化したこともあった。概して最初のほうに積み込まれた馬たちの背中は、後から吊り下げられてくる馬たちの蹄鉄で傷つけられてしまいがちだが、それも一大事というほどのことではないようだ。これから家畜市へ出すというわけではないので、本土に着いたときの馬の状態はたいして問題ではないらしい。

島にはくつわと鞍が一揃えしかない。これは、毎週通ってくる司祭が、日曜日のミサが終わった後、教会から桟橋まで馬で行くときに使うものだ。

島人たちはかんたんな端綱とむちだけで馬を乗りこなす。そして、これだけの装備で、すくなくともアランモアでは、命知らずとしか思えない速度のギャロップで馬を走らせる。馬には通常荷かごがつけてあるので、乗り手は、左右の肩胛骨にはさまれた隆起した部分に、横向きに座る。荷かごが空のときには、乗り手はつかまるものがなにもないこの態勢のままで、馬を全速力で疾駆させる。

アランモアでは、空の荷かごをつけた馬でキルローナンから西へ向かう一行に、一度ならず出会ったことがある。すがたが見えるはるか以前にまず蹄の音が聞こえてきて、やがて、旋風のような馬たちが曲がり角の向こうからこっちへ全速力で突進してくる。馬たちは唯一のブレーキである細い端綱のことなどまるで無視して、鼻面を突き出して走ってくる。騎馬の一行はふつう二、三ヤードの間隔をおいた一列縦隊でやってくるが、島にはそもそも交通というものがないから、事故の心配はまずないのである。

男と女が相乗りしていることもある。このばあいには、男が通常の位置に跨り、女はその後ろに横向きに座って、男の腰に手を回してつかまっている。

パット・ディラーンおじいは毎日僕と話をしに来てくれる。僕はときどきおじいの妖精体験を聞きだそうとして話題をそちらへ振り向ける。

おじいによれば、あの連中なら島のいろんな場所でたんと見たことがあります、とくに舟揚げ斜路（ボートスリップ）の北の砂地には多いですが、背丈はだいたい三フィートくらいで、「お巡りさん」みたいな縁つき帽を目深にかぶっておりまして、とのこと。ある日の夕刻、おじいは、あの連中が舟揚げ斜路（ボートスリップ）のすぐ北のところでボール遊びをしているのを見たと言い、あんたさんも朝と日没後はあそこへ近寄らんほうがいい、あの連中がいたずらをしかけてくるといけませんでな、と言う。

おじいは、あの連中と「行ってしまった」女をふたり知っていると言う。ひとりは若い奥さんでな、もうひとりは娘ですが。その奥さんのほうは、あっちの石垣のところに立っておったのですわ、と北の方を見つめながらその場所がどこなのかをていねいに教えてくれた。

別の日の夜、おじいはアイルランド語で「ああ、おかあちゃん、あたし殺される（ア・ウァハル・ター・メー・マラヴ）」と叫ぶ声を聞いたと言う。そして、朝になってみたら、うちの家の壁に血がついておりまして、近所の家の子どもが死んでおったので、と。

きのう、おじいは、これはだれにも教えたことがないのですが、と言い添えて、僕の耳だけに秘密を語ってくれた。

「とがった縫い針をですな、上着の襟の裏側に刺しておくこと。そうすれば、連中はだれもあんたさんに手出しできんのです。」

未開人の間ではよく鉄が魔よけに使われるが、このばあいには鋭くとがっているということもおそらく重要で、さらに、たぶん、ブルターニュでよく知られた民間信仰にもあることだけれど、骨の折れる仕事に使われる道具に聖性を感じるということも、ふくまれているだろう。

妖精たちは、ほかのどの州よりもメイヨーに数多い。もっとも、次に書きとめる話が起きた場所だという、ゴールウェイ州のある地域などにも、かれらは好んで出没するようであるけれども。

「ひとりの農夫がたいへん難儀をしていたと。それというのも、作物が不作なうえに雌牛に死なれてしまったというわけで。ある晩、その農夫はおかみさんにこう言いました。明日の朝までに小麦いれるあたらしい袋つくってくれや。で、袋ができあがりますと、まだ夜明け前でしたが、農夫はその袋を持って出かけていきました。

ちょうどその頃、妖精たちにかどわかされたひとりの紳士がおりましてな、このお方は連中をとりまとめる将校殿にまつりあげられておったのです。この将校殿が白馬に跨っていくすがたが、明け方や夕刻によく見られたと言います。

さて、貧しい農夫がこの将校殿が出るというふれこみのところへまいりますと、馬上凛々しい将校殿があらわれましたので、こう直訴しました。わたくしどもは困りはてておりますで、小麦を二百と半百ポンドお貸しくださりませ、と。

将校殿は、小麦を隠してある岩穴から妖精たちを呼び出しまして、この貧しい農夫が頼んでおるものを与えてやれ、と言いました。そして、農夫には、一年後にここへ来て支払うように、と言い残して去っていきました。

貧しい農夫は家へ帰りますと、借りた日付をちゃんと書き留めておきましてな、一年たったちょうどその日に約束の場所へ行きまして、借りを返したという話です。」

おじいはこう話し終えると、あの連中はこの国で穫れる収穫の十分の一をちゃっかり取ってですな、岩の中に隠しておるのです、と説明してくれた。

今日はカトリック信徒の聖日なので、島人がみんなミサに行っている間、僕は城砦(ドウーン)へ登って腰を下ろしていた。

今朝は島全体を不思議な静けさが支配している。これは日曜日にときおり経験する状態で、海と空のふたつの円形世界が教会みたいに静まりかえっているのである。

目の前に存在する風景が特異な力を発揮して、灰色の光を放つ雲がほのめかすこの静寂に溶け込んでいく。風もなく、日差しもない。アランモアは鏡面の上でまどろんでいるようだ。コネマラの山並みがとても近くに見えるので、その手前に横たわっている湾の広さを思うと不安を感じるくらいだ。その湾の海面も、今朝は、湖の水面がときおり見せるような独特な表情をたたえている。

この岩だらけの場所には植物も動物も育たないから、四季の変化はない。そして、今日のこの六月の一日にも秋めいた気配が感じられるので、枯れ葉の音が聞こえないか、つい耳を澄ませてしまう。

教会からまず男たちの集団が出てきた。その後から女たちがぞろぞろ出てきて、門のところで思い思いの方向へ分かれていく。だが、男たちのほうは道ばたにたむろしたまま噂話に余念がない。

静寂は破られた。遠くから、まるで海をわたってくるみたいに、ゲール語のかすかな話し声が、僕の耳まで、届く。

午後になって太陽が顔を見せたので、僕は舟に乗せてもらってキルローナンまで出かけた。桟橋近くの岬の突端で待っていた僕を乗せようとして島カヌー（カラッハ）をまわしてきた漕ぎ手たちは、水面下に隠れていた岩角にうっかり舟をぶつけてしまい、僕のところへ着いたときにはだいぶ浸水していた。男たちは、司祭のところへ届けるために積んでいたじゃがいもの袋の一部を引き裂いて、舟底にあいた穴をふさぐと、そのまま舟を出した。僕たちと大西洋の間を隔てるものはぼろ切れ一枚である。

二、三百ヤード進むごとに誰かひとりが漕ぐ手を休めて、舟底にたまった水をあか汲みで掻い出さなければならなかったが、さいわい穴は広がらなかった。

瀬戸の半ばあたりまで進んだところで、帆を張った島カヌー（カラッハ）がこっちへやってくるのに出会った。大声のゲール語でやりとりがあった結果、その舟は僕あての手紙を一束とタバコを積んでいることがわかったので、こっちの舟を横に揺らしてできるかぎり相手の舟に接近した。すると、向こうから僕のところへ、波しぶきに濡れた荷物を投げてよこした。

イニシュマーンで何週間か暮らした後に訪れたキルローナンは、堂々たる活動の中心地に見えた。文明に半ば染まったアランモアの漁師たちは、イニシュマーンの簡素な暮らしを見下す傾向がある。僕たちが上陸したときにたまたま居合わせた数人は、僕に向かって、見る値打ちのあるまともな漁業もない島でいったい何やって時間つぶしてるんだね、と尋ねたものである。

僕はまず、このまえ泊まった宿屋の主人夫婦と話すためにちょっと立ち寄り、その後、村内の何カ所かを訪問した。

その日の夕方、北へ向かう道をぶらぶらしていたら、聖日のためにキルローナンへやってきた周辺の村々のひとびとが三々五々家路をたどっていくのに出くわした。

女たちや娘たちは、男の道連れがいないばあいには、たいてい僕をからかってみようとしかけてくる。

ひとりの娘が、「あら、旅のひと、お疲れのようね」と声をかけてきた。東の方へ帰るまでの時間をつぶすために、かなりゆっくり歩いていたからである。

僕がゲール語で、「とんでもない、疲れちゃおらんさ、かわいい娘さん、ボクは孤独なだけなのさ」と答えると、彼女はこんなふうに返してきた。

「そうなの、旅のひと、うちの妹がここにいるけど、きっと相手してくれるよ。」

女たちはふだんはおとなしいが、よそゆきのペチコートとショールをまとって二、三人が集まると、町に住んでいる女たちと同じくらい、はしゃいで気ままな一面を見せる。

七時ごろ、僕はキルローナンへ戻り、港の周辺のパブを探し歩いて、漕ぎ手たちを招集した。無頓着さはいつものとおりで、彼らは島カヌー（カラッハ）の水漏れを修理していなかったし、櫂を櫂栓にとめる受け金物が一カ所とれていたのも、ほおりっぱなしだった。僕たちは、足元にたまった水がしだいに水かさを増していく小舟を駆って、瀬戸を無謀な速度で突っ切っていったのである。

みごとな夕暮れの光が島の上空を満たしているのを眺めて、僕は、帰りが遅くなって幸運だった、と喜んだ。振り向いて見ると、アランモアの切り立った岩稜の背後に金色の靄がかかり、長く伸びた太陽の光が、櫂が海面に残していく泡の粒々を宝石に変えていった。

漕ぎ手たちはみな黒ビール(ポーター)でほろ酔いかげんになっていたので、いつになく饒舌で、僕がすでに知っている場所などについてもいちいち指さして説明してくれた。また、わざわざ舟を止めて、波の間を跳ねるサバの群れの油くさい臭いを嗅がせてくれたりもした。

彼らの話では、明日の朝、追い立てをおこなう関係者の一行が島へやってくるそうだ。彼らは僕に向かって、自分たちが一年間にいくら稼いでいくら使うのか、また、地代がいかに重い負担になっているかについて、長々と説明した。

「地代を払うのは貧乏人にはつらいことで。ところが、わたしらが支払わんでいましたら、みんなのとこへ令状が送られてきまして。ただちに地代を払わにゃならんことになったばかりか、手続きにかかったえらい費用までわたしらの負担になりましてな。わたしゃおもうんですが、地主の代理人はわたしらが支払う手数料でもって、自分ちの女中や下男の給金をじゅうぶんまかなっとるですぜ」、とひとりが言った。

島はだれの所有になっているんですか、と僕が尋ねると、彼らは口をそろえてこう答えた。

「それがです、わたしらはいつも、島の地主はミス・×××だと聞いておるんですが、そのお方はもう死んどるのです。」

太陽が金色の炎でできた菱形紋のようになって海の向こうへ沈んだ後は、ぐっと冷え込んできた。漕ぎ手たちは自分たちだけで話しはじめ、話の脈絡を取り逃がした僕は夢見心地で寝そべっていた。舟をとりまく青白い油のような海面から視線を上げていくと、島を縁取る低い崖のうえの斜面に村が見え、煙が花冠のようにたちのぼり、そのもっとうえにはコナーの城砦（ドゥーン・コナー）がそびえていた。

僕が帰宅するとパットおじいがちょうど来ていて、食後に長い物語を聞かせてくれた。

むかし、森のなかに、夫に死なれた女と、その一人息子が暮らしておりました。息子は毎朝木々の間で薪を拾うのが日課でしたが、ある日、地面に寝ころんでおりますと、雌牛が通ったあとの「落とし物」に蠅の群れがたかっているのが見えました。そこで、息子は鎌をふりあげて蠅の群れに一撃を加えたところ、その一撃があまりに強烈でしたので、蠅どもは一匹残らず死んでしまったと。

その晩、息子は母親に向かって、オレは一叩きで蠅の群れを皆殺しにできたんで、そろそろ運試しの冒険をしに世の中へ出て行ってもいいとおもうんだけど、明日朝、弁当に持って行きたいんで、固焼きビスケットを三つつくってくんないかな、母ちゃん、と言いました。

息子はビスケットを三つずだ袋に入れて、夜明けのすこし後に出発しまして、一つ目のビスケットを十時頃に食べたと。

正午になるとまた腹が空いたので二つ目を食べ、夜が近づいた頃に三つ目を食べました。その後で、彼は街道筋でひとりの男に出会い、これからどこへ行くんだい、と尋ねられました。

「食っていかなきゃならないんで、どこかで働き口を探そうとおもってるところです」と若者は答えたと。

「そんなら、わしと一緒に来るがいい。今夜は納屋で寝てもらって、あした、おまえさんに何ができるか試してみて、仕事をやろう」と、男は言いました。

翌朝、農夫は若者を牛舎へ連れていきましてな、この雌牛たちをみんな丘へ追っていって草を食わしてほしいんだが、いいかね、牛乳を搾って盗む奴がいないようにしっかり見張ってくれよ、と言いました。若者は雌牛の群れを追い追いして草原へ行きまして、昼日中のあったかい時間になると寝っ転がって空などぼんやり見ておりました。すると、北西の方角に真っ黒い点のようなものが見えて、それがだんだん大きく、近づいてきて、ついにでっかい巨人がこっちへ向かってくるんだ、とわかったわけです。

若者はすっくと立ち上がりまして、左右の腕で巨人の両脚をぐいっとつかんでですな、固い地面にくるぶしのうえあたりまでめりこませましたので、巨人は身動きがとれなくなってしまったと。そこで、巨人は若者に、おまえにゃ降参だぞい、と言って魔法の杖を手渡しまして、この杖でそこの岩を叩けば美しい黒馬と剣とひと揃いの上等な服がでてくるんだぞい、と言いました。若者が岩を叩いてみると目の前で岩はぱっくりと開きまして、美しい黒馬と巨人の剣とひと揃いの服があらわれました。若者は剣だけをとって、びゅんと一振りして巨人の頸をはねました。そして、剣を岩のなかへ戻し、牛の見張りに戻りまして、何事もなく過ごした後、牛たちを牛舎まで連れて帰りました。

さて、農夫と若者が搾乳をはじめましたところ、たいそうたくさんの牛乳が搾れましたので、農夫は若者に、丘では何か変わったことはなかったかね、ほかの牛飼いたちが連れて帰ってきた雌牛の乳はとんと干あがっちまってるんでね、と尋ねました。若者は、何事もなかったです、と答えました。

翌日、若者はまた雌牛たちを追い追いしていきました。あったかくなってきたので仰向けに寝っ転がってしばらくすると、北西の方角に真っ黒い点が見え、そいつがだんだん大きく、近づいてきて、ついにでっかい巨人がこっちをめがけて攻めてくるんだ、とわかったわけです。

「おめえはおいらの兄弟を殺したな、こっちへ来い、おめえの身体を靴下留めみたいにずたずたにしてやるぞい」と巨人は言いました。若者は巨人に近づいていき、左右の腕で巨人の両脚をぐいっとつかんで、巨人を固い地面にくるぶしのうえあたりまで、めりこませました。

そして、若者は例の杖で岩を叩いて剣を出して、巨人の頸をぶんっとはねました。

その日の夕方、まえの日よりもさらに二倍もたくさんの牛乳が搾れましたので、農夫は若者に、なにか変わったことはなかったのかね、と尋ねました。若者は、いいえなんにも、と答えました。

三日目には三人目の巨人がやってきて、若者にこう言いました。「おめえはおいらのふたりの兄弟を殺したな、こっちへ来い、おめえの身体を靴下留めみたいにずたずたにしてやるぞい。」

そこで、若者はふたりの巨人にしたのと同じことを三人目の巨人にもしてやりました。その夕方、雌牛たちの乳は乳房からふんだんにあふれて、小道に流れ出しました。

その次の日、農夫は若者を呼んでこう言いました。今朝は雌牛を牛舎にいれたままにしとけばいい、なにしろ今日は見なきゃ損々の大事件が起こるんだ。助けてくれる者が出てこなかったら、王様のきれいな娘がでっかい魚に食われることになってるんだからな。ところが、若者は、そんな見せ物は興味ないです、と言って、雌牛を追い追いして丘へ登っていきました。そして、例の岩のところまでやってきますと、杖で岩をとんっと叩いてひと揃いの上等な服を取り出して身につけまして、剣も取り出して腰にくくりつけまして、そりゃもう立派な将校殿のようないでたちになりまして、黒馬にまたがりまして、風よりも速く駆けまして、王様のきれいな娘が黄金の椅子に座ってでっかい魚の到来を待っている海岸まで、やってきました。

でっかい魚が海上にあらわれました。鯨よりも大きくて、背中には翼が生えておりました。若者は剣をふりかざし、波打ち際へ駆け下りていきまして、そいつの翼の片方をばっさり切り落としました。海は一面、そいつの血で真っ赤に染まりまして、ついにその魚は退散。浜には若者だけが残りました。

さて、若者はきびすをかえして馬にまたがり、風より速く岩まで戻りまして、ひと揃いの上等な服を脱ぎまして、巨人の剣と黒馬といっしょに岩のなかにしまいまして、雌牛たちを追い追いして農場まで戻っていきました。

農夫が出迎えて言うことには、おまえさんは前代未聞の驚異を見逃しちまったなあ、ひと揃いの上等な服を着た立派なお方があらわれて、でっかい魚の片っぽの翼をばっさり切り落としたんだから、と。

そして、農夫はこうつけくわえました。「これからまだ、明日とあさっての朝、王様のきれいな娘には試練が待ちかまえてるんで、おまえさんも行って見物するがいい。」

ところが、若者は、行かないです、と答えました。

あくる朝、若者は雌牛たちを追い追いしていきまして、岩のなかから剣と服と黒馬を出しまして、風よりも速く駆けまして、王様のきれいな娘が座っている海岸まで、やってきました。見物の群衆は、彼がやってくるのを見て、きのうのお方がまた駆けつけたのかな、と興味津々でした。娘は若者を呼んで、目の前にひざまづくよう申しつけまして、若者がひざまづいたところで、娘は若者の襟足の毛をハサミでこっそり切り取りまして、懐中にしまいました。

やがて、でっかい怪物が海からやってきましたので、若者は波打ち際まで下りていって、残った翼の片方をばっさり切り落としました。海は一面赤い血で染まり、怪物は泳ぎ去っていきました。その日の夕方、農夫は若者に、今日の見ものもなにしろすごかった、と語り、あしたは見に来るかい、と尋ねました。ところが、若者は、行きません、と答えましてな。

さて、三日目。若者はまた黒馬にまたがって、王様のきれいな娘が黄金の椅子に座ってでっかい怪物が来るのを待っているところへ、駆けつけてきました。怪物が海から向かってきますと、若者は相手のふところへ飛び込みまして、怪物が若者を食おうとしてでっかい口をあけるたびに、その口のなかを剣で突きました。しまいには、剣先が相手の喉を突き破りまして、怪物はもんどりうって息絶えました。

かくして、若者は馬を駆って風よりも速くその場を立ち去り、服と剣と黒馬を岩のなかにしまいまして、雌牛を追い追いして農場へ帰ってまいりました。

農夫が出迎えて言うことには、婚礼の大宴会が三日間催されることになったんだが、その最終日に、王様の娘はでっかい怪物を退治した男と結婚なさるそうだ、もっともその男が誰だかわかれぱの話だがね、と。

　こうして大宴会が開かれました。力自慢の男たちがやってきては、われこそはあのでっかい怪物を退治した勇者でござる、と申し出たそうです。

　ところが三日目に、若者が例のひと揃いの上等な服を着て、将校殿のように剣を腰にくくりつけて、黒馬を駆って、風よりも速く宮殿へやってまいりました。

　王様の娘は若者をひと目見て、招き入れまして、目の前にひざまずくよう申しつけました。そして、若者の襟足をさっと見て、自分の手で一房の髪を切り取ったところを確認しました。娘は若者を王様のもとへ連れていきまして、ふたりは結婚、若者にはすべての財産が与えられたということですな。

　これがわたしの話。


　この島で最近二回試みられた強制立ち退きは、二回ともうまくいかなかった。噂では、どちらのばあいも、汽船が島に近づいてきたとき、島の魔女の力で突然嵐がまきおこり、上陸できなかったのが理由であるという。

　ところが、今朝は夜明けとともに六月の澄みきった空が顔を見せた。外に出てみると、海も岩もまばゆいくらいに輝いていた。ミサ参列用の一張羅を着た男たちがあちこちにかたまって、怒りと恐怖を顔に浮かべて立ち話をしていた。だが、彼らが、大海原の静けさを破ってこれからはじまる劇的な見ものへの期待を胸に隠しているのも、ちらちらと窺えた。

九時半頃、湾のまんなかに見える狭い水平線の上に汽船が見えてきた。するとただちに、地代をいちばん多く滞納している家々の雌牛や羊を隠そうとする最後の骨折りがはじまった。執行吏の役を買って出る者がいなかったため、かつては、どの家畜が債務不履行者の所有であるのかを見分けることができなかった。ところが、今回はパトリックという名前の男が名誉を売り渡してしまったので、家畜隠しの努力も、もはや事実上無駄になった。

島にたいする太古からの忠誠をこんなかたちで裏切る者が出たことは、激しい憤りの種となった。きのうの朝早く、教会の扉の側柱に次のような貼り紙が釘で打ちつけられていた。

「パトリック、悪魔よ、リボルバー拳銃がおまえを待っているぞ。最初の一発がはずれてもまだ五発もあるんだからな。

これから先、おまえとしゃべった奴、おまえと一緒に働いた奴、おまえの店で黒ビール(ポーター)を一パイントでも飲んだ奴がいたら、そいつはおまえと同じ報いを受けるであろう。」

汽船が近づいてきたとき、僕は船の到着を見ようと思い、男たちといっしょに海のほうへ下りていったが、岸まで一マイルのところより先へ行こうとする者は、誰ひとりいなかった。

どれが誰の家か教える役の男、医師、それに貧民救済員を乗せた二艘の島カヌー(カラッハ)がキルローナンからやってきていたが、汽船に乗ってきたひとびとの準備が整うまで、波間で待っていた。少人数で上陸するのは不安だったらしい。汽船が錨を下ろし、水面に下ろされた数艇の上陸用ボートにぞろぞろ乗り込んでいく、警官隊のライフルとヘルメットに反射する陽光を見たとき、僕は言いしれぬ苦痛のうずきを感じた。

警官隊は上陸するとただちに密集した行進隊形をとり、命令が下されると、彼らの長靴が重たいリズムで、岩を踏みしめて登ってきた。僕たちが道の両側にばらけた集団になってたむろしていると、じきに堂々たる武装集団が間近に見えてきた。それにひきつづいて、州徴税官（シェリフ）に雇われて追い立て役をする卑しい寄せ集めの連中が歩いてきた。

文明化されていないひとびとにまじって何週間か暮らした後で、より新しい部類に属するこんな人間たちを目にすると、不安な気持ちになる。だが、機械仕掛けのように非情な警察にくわえて、俗臭ふんぷんたる地主代理人と州徴税官（シェリフ）、さらに彼らが雇った烏合の衆が、文明とはどんなものかを表わしていた。今まさにその文明によって、島の家庭生活が踏みにじられようとしていたのだ。

まず、村の入り口に近い一軒の家に一行が立ち寄り、一日の仕事がはじまったが、この家とその次に立ち寄った家では妥協が成立した。時間切れ寸前に親戚のひとがやってきて、執行延期のために必要な金額を貸してくれたからである。

別の家では、娘が病気で寝込んでいたので医師が仲裁に入り、住人たちは形式的な追い立てを受けた後に、その家に住み続けることを許された。しかし、正午頃に立ち寄った一軒の家では、言い訳となる事由も特になく、お金の工面もつかなかった。大勢の島人たちが無言で見守るなか、州徴税官（シェリフ）の合図で、寝台や家庭用品の運び出しがはじまった。この家の主婦が浴びせかけるはげしい呪いのことばだけが、その場の沈黙を引き裂いた。彼女は島の中でもいちばん文明から遠い暮らしをしてきた家族の一員であった。ちんぷんかんぷんの言語をしゃべる武装したよそ者どもが、三十年間友としてきた暖炉から無理矢理自分を引きはがそうとしているので、彼女は激怒のとりことなって、身を震わせたのである。島人たちにとって、暖炉を蹂躙されることはこの世の破滅に等しい意味をもつ。年間を通して激しい雨と霧の降らない週が一週間もない、灰色のこの世界では、子どもたちや若い娘たちが寄りつどう炉端は、各家庭のひとびとの意識に深く根を下ろしている。炉端がもつ意味は、より文明化された場所に住む人間には想像すら及ばないかもしれない。

先祖代々の墓が辱められたときに中国人が受ける衝撃でさえ、イニシュマーンで暖炉が辱められたときのショックにはおよばないだろう。

二つ三つのみすぼらしい家具が運び出され、戸口が石でふさがれた後、その脇にこの家の老女がうずくまり、ショールで頭をすっぽり覆ってしまった。

近所に住む五、六人の女たちが、無言の同情をしめして、老女を囲むように腰を下ろした。やがて、見物にあつまった群衆は、このあばら家の前に座りこんだかわいそうな女たちを残し、同じような場面がくりかえされるであろう別の家へと向かう警官隊のあとについて、ぞろぞろ移動していった。

空にはいまだに雲一つなく、気温がずいぶん上がってきた。警官たちは、出番のないときには石垣のかげで横になって、詰め襟上着のボタンをはずし、汗をかきかき、暑そうにしていた。彼らのすがたは見苦しかった。僕はついついこの連中と、かもめのように涼しげでこざっぱりとしたようすで歩き回っている島人たちを見比べていた。

最後の追い立てが終了すると、警官隊は二手に分かれた。半分の連中は執行吏といっしょに、今朝隠匿された家畜を捜して島の奥の平地へ向かった。もう半分は村に残って、すでに没収済みの豚の群れを見張ることになった。

しばらくすると、この豚のなかの二頭が見張り人たちの目を逃れて、狭い道をあっちこっちへ駆けずりまわりはじめた。さらに島人たちがわいわい囃したてて豚たちの恐怖をあおっているうちに、過度に興奮する者も出てきたので、警官隊は介入すべき時がきたと判断した。彼らは二頭の豚が追い込まれている袋小路のとば口に、二列に整列した。その直後、西のほうから囃し声がふたたび聞こえ、見張り人たちに追われて道のまんなかを突進してくる二頭の豚が見えてきた。

二頭は警官隊が居並ぶ防御線まで到達した。ちょっとした乱闘の後、転倒してほこりまみれになった三人の警官を尻目に、二頭はさらに東へ必死の逃走を続けた。

島人たちの喜びようといったらなかった。みんなきゃっきゃと声をあげ、感極まって抱き合った。島人たちはきっと、この豚たちのことを何代にもわたって語り継ぐことになるだろう。

二時間後、島の奥へ行った分隊が三頭のやせた雌牛を追い立てながら戻ってきた。そして、全員そろって浜の舟揚げ斜路（ボートスリップ）に向けて行進が始まった。途中、パブで警官隊にねぎらいの一杯がふるまわれ、その間、行進にぞろぞろついてきた群衆は脇道にたむろして時間をつぶした。そのときたまたま、島一番の種付け用の雄牛が近くの草地にいたのだが、雌牛三頭と見慣れない服装の大勢の人間たちを見て、おおいに興奮してしまった。すると、石垣に寄りかかっていた僕のほうへ島の若者がふたりこっそりすり寄ってきて、こう耳打ちした――

「あの雄牛の綱を放して、連中にけしかけてやったら、オレたち罰金くらうかな。」

女や子どもたちも間近にいたので、僕が、たぶんね、と一言答えると、彼らはすごすごと人混みのなかへまぎれていった。

舟揚げ斜路（ボートスリップ）まで来たところでさかんに駆け引きがおこなわれて、家畜はすべてもとの持ち主に返却されることになった。市場価値のない家畜ばかりなので、たとえ没収しても無駄なことがはっきりしていたからである。

追い立て

汽船へ戻るボートに最後の警官が乗り込むと、群衆のなかからひとりの老女が進み出て、舟揚げ斜路(ボートスリップ)の近くの岩の上に立った。そして、執行吏を指さして、枯れ枝のような両腕を激しい怒りで振り回しながら、ゲール語ですさまじいことを言いはじめた。

「こいつはあたしの息子です。こいつのことをいちばんよく知ってるのはあたしです。こいつこそ、このおおきな全世界のなかで最低最悪の大悪党なんだ」と老女は言った。

そして、その老女は悪意にみちた憤怒で彩られたことばを次々と繰り出してわが息子の行状を物語ったのだが、僕にはそのことばを再現することができない。語りゆくうちに老女の興奮は極度に張りつめていったので、息子は家に帰り着く前に石になってしまうのじゃないかと思ったほどだ。

アラン諸島では女たちにとって子どもは生き甲斐であるから、この老女が立ちあがって自分の息子に呪いのことばを浴びせかけた衝動がいかばかりであったかは、測りがたい。

この老女の激烈な演説のなかに、ぼくはふたたび、島人たちの奇妙に寡黙な気質をかいま見、ごくまれな機会にだけ壮大な言語表現と身振りによって自己を表現する、激しい魂にふれたような気がした。

パットおじいが金の卵を産むガチョウの話をしてくれた。おじいによれば、このガチョウは不死鳥（フェニックス）である。

夫に死に別れた貧しい女には三人の息子と一人娘がおりましてな。ある日、息子たちが森へ薪を拾いに行ったところ、木々のあいだをまだら模様のみごとな鳥が飛んでいるのを見かけました。次の日、また同じ鳥を見かけましたので、長男は弟たちに、きょうはおまえたちだけで薪を拾いに行ってくれ、オレはあの鳥を追いかけてみるから、と言いました。

長男は鳥のあとを追っていきましたが、夕方にはその鳥をつかまえて家へ帰ってきました。そして、みんなで鳥を古い鶏かごに入れて、自分たちが食べるつもりでとってあったオートミールを与えました。その鳥がオート麦の粉なんぞを食べたかどうかは知りませんが、とにかく子どもたちは自分の食べ物を分け与えたということですな。そのほかに与えられるものもなかったわけで。

その晩、鳥はかごのなかにまだら模様のきれいな卵を産みました。次の晩にもまたひとつ、卵を産みました。

この話がさっそく新聞に載りまして、たくさんのひとびとが、金の卵を産む鳥のことを知ったのでした。なにしろ、卵はどれも金無垢だったのですからな、ホントの話。

さて、その次の日、男の子たちが商店へオート麦の粉を一ストーン買いに行きますと、店主が、例のあの鳥を売っちゃあくれまいか、と尋ねました。で、話をはしょれば、こんなふうに話がまとまったわけです。わたしはおまえさんたちのおねえちゃんと結婚しよう――まともな着物一枚持っていない貧しくて無教育な娘です――、そしたらおねえちゃんは鳥を連れてお嫁入りしてくれるだろう、な、と。

それからしばらくして、兄弟のひとりが卵をひとつ、田舎の紳士に売りました。するとその紳士が、例の鳥はまだ飼っているのかね、と尋ねました。男の子は、うちのおねえちゃんと結婚した男のひとが飼ってるよ、と答えました。

「そうか、あの鳥の心臓を食べた人間は毎朝ベッドの上に金貨の入った財布をみつけることができるし、あの鳥の肝を食べた人間はアイルランドの王様になれるんだぞ」と言いました。

さて、少年は紳士と別れて、聞いた話をそっくりそのまま例の店主に教えてしまいました。お人好しのちょっと鈍い男の子だったんですな。

それを聞いた店主はすぐ鳥をひっぱってきて殺しまして、自分は心臓をぺろりと食べ、肝はおかみさんに食べさせました。

さすがの少年もこれを見て怒り心頭に発しまして、紳士のところへ戻って一部始終を報告しました。

すると紳士はこう言いました――「よし、これから言うとおりにするんだ。おまえはひとっ走りその店主のところへ行って、今晩奥様ご同伴で紳士殿のお屋敷へおいでくださいましてトランプなどなさいませんか、紳士殿は今晩お寂しくていらっしゃるので、と言っておいで」。

少年が出て行くと、紳士は吐剤を調合して、その薬を全部、いくつかのグラスに注ぎ分けたウイスキーに混入しました。そして、カードをするテーブルの上に丈夫な布を敷きました。

やがて店主とおかみさんがやってきて、三人はトランプをはじめました。

最初のゲームは店主が勝ったので、紳士は夫婦にウイスキーを一杯勧めました。

二回戦をしましたらまた店主が勝ちましたので、紳士は店主にもう一杯ウイスキーを勧めました。

三回戦をしている最中、店主とおかみさんはテーブルに敷いた布の上にげっと吐いてしまいました。すると少年はすかさず布をはずして、中庭へ持って行きました。紳士が少年に段取りをちゃんと教え込んでおいたのでちゃんとできたわけですな。そうして、少年は鳥の心臓をみつけるとぱくっと食べました。翌朝、少年が寝床で寝返りをうったところ、身体の下に金貨の入った財布がみつかったのだと。


これがわたしの話。

定期汽船が来るときには、僕はほとんど必ず舟揚げ斜路（ボートスリップ）へ行ってみることにしている。汽船が沖にみえてくると、斜路に上げた島カヌー（カラッハ）が並んだあたりに男たちが集まってきて、南のイニシーアに寄った後の汽船がこの島へ近づいてくるのを眺めながら、あれこれ雑談するのがつねだからである。

今朝はひとりの老人と長話をした。彼は、ここ十年か十五年間の間にこの島がずいぶん開けてきたのを喜んでいた。

最近まで本土との間の交通機関といえば一本マスト船（フツカー）しかなく、速度が遅いうえに天候が比較的よいときにしか運航できなかったので、島人が本土の家畜市に出かけると、帰ってくるまでに三週間もかかることがしばしばあった。しかし、今では定期汽船が週二回来るようになったし、所要時間も三、四時間に短縮された。

この島の桟橋もまた、新しくて重宝な設備だと考えられている。この桟橋ができたおかげで、泥炭や家畜の運搬に今でも使われている一本マスト船（フツカー）を接岸して、荷下ろしと荷積みができるようになったからである。ただ、桟橋周辺の水深は満潮に近いときでも一本マスト船（フツカー）が接岸できるていどの深さしかないので、汽船を接岸するのはどうしても不可能である。それゆえ、乗客たちは沖で島カヌー（カラッハ）に乗り換えて上陸するほかない。南のイニシーアを正面にのぞむ海岸にある舟（ボート）揚げ斜路（スリップ）は、海が静かなときはきわめて便利だが、南から寄せてくる強いうねりにさらされているうえに幅がとても狭いので、磯波が高いときには島カヌー（カラッハ）をあやつりそこなうと上陸できない危険がある。

悪天候のときに島カヌー（カラッハ）を出そうとするばあい、四人の漕ぎ手たちは斜路のてっぺんで舟に手を掛けて、いつでも乗り出せる態勢のまま、南からくるうねりの高さを測る目安にしている沖の岩を、じっと見つめる。そうやって出航のチャンスを狙っているうちに、一時間近くが経過してしまうこともしばしばである。

激しい寄せ波がとぎれたと見えた瞬間、漕ぎ手たちは空から舞い降りて獲物に飛びかかる鳥のように斜路を下り、島カヌー（カラッハ）を水面に下ろして、信じられない速さで海へ漕ぎだしてゆく。上陸するのも同じくらい難しい。下手な間合いのとりかたで上陸しようとしたが最後、舟は横へもっていかれ、暗礁の巣につかまって沈没するはめになる。

このようにつねにひそむ海の危険を避けるためには、ひとりひとりに非凡な機敏さがそなわっていなくてはならない。このことが島人特有の資質の形成にかなりの影響を与えてきた。というのも、波から逃れられないアラン諸島では、気が利かなかったり、むこうみずだったり、判断力に欠ける人間は、生きていくことができないからである。

汽船が舟揚げ斜路（ボートスリップ）から一マイル以内に接近すると、四艘から十二艘くらいの島カヌー（カラッハ）が漕ぎ出していって、岸から離れた海上に二列に整列する。

汽船が列の間に入ってくると、舷側のなるべくいい位置に舟をつけようとして、すばやく熾烈な争いがくりひろげられる。漕ぎ手たちは櫂に寄りかかってのらりくらりおしゃべりしていて、その声が波音に混じって聞こえていたのが、ひとたび汽船が停船したと見るや、彼らの表情は激情にゆがみ、力一杯引き寄せられて櫂はたわみ、震える。一分ほどの間、自分じしんの安全も、友人たちや兄弟たちの安全も、彼らの眼中からまったく消え失せる。こうして舟をつける位置が決まると、彼らはふたたびいつもののらくらした調子でおしゃべりをはじめながら、舟を汽船の舷側にしっかり固定し、甲板へよじのぼってゆく。

島カヌー(カラッハ)が出払っている間は、女たちや櫂をとるには年をとりすぎた老人たちと一緒に、僕は留守番をする。居残っているおじいのひとりとよく話をするのだが、彼は骨接ぎ屋としてなかなか有名で、島でも本土でもその腕のよさは鳴り響いていたそうだ。おじいの腕を聞きつけてコネマラの山奥から迎えに来た四輪の自家用馬車に乗せられて、お屋敷住まいの令息や令嬢の治療に出かけ、お礼の金貨でポケットをいっぱいにして帰ってきたというような話をいくつも聞いた。

もうひとりの、島で最高齢のおじいは、民話ではなく逸話を話すのが得意だ。彼がこの島で暮らしてきた長い人生の間に起きたできごとの話である。

このおじいはよく、激情にかられて父親を鋤でぶんなぐって殺してしまったコナハトの男の話をしてくれる。その男はこの島へ逃げてきて、島人たちの温情にすがったのだが、助けてくれた島のひとびとはこの男の親戚だったと伝えられている。彼らは男を穴に隠して、何週間もかくまった。おじいはその穴をじっさいに見せてくれた。穴にこもった男の耳に、島へやってきて彼の捜索をおこなっている警官隊の、長靴が石をぎしぎし踏みつける音が、聞こえたのだそうだ。男の頸には懸賞がかけられたが、島のひとびとはそんなものに惑わされることなく、その男を困難の末、無事アメリカへ逃がしてやったという。

犯罪者を保護しようとするこうした衝動は、アイルランド西部にはよくみられる。この衝動をうながす原因の一端は、法による正義と憎むべき英国の司法権が連想で結びついていることにあるだろう。だが、もっと直接的に、島人たちの、文明とはかけはなれた発想にも原因があるだろう。すなわち、今は犯罪者ではないが、いつ犯罪をおかすかもしれない人間である彼らは、日頃こんなふうに感じている。人間はおよそ、自分では責任を負えない海の嵐のような激情に駆られたとき以外には、悪事をしでかすものではない、と。それゆえ、もしひとりの人間が自分の父親を殺害し、その行いを悔やんですでに心乱れ、うちひしがれているのであれば、その人間を法によって逮捕し、処刑しなければならぬ理由などないではないか、と考えるのだ。

島人たちは、そういう人間は残りの人生を静かに暮らすもんです、と言う。そして、でもみせしめとしての刑罰は必要じゃないかな、と言おうものなら、彼らは問い返してくるだろう――「しないですますことができるんなら、自分の父親を殺す人間なんていますかね」、と。

しばらく前、警察制度が導入される以前には、島々で暮らすひとびとはみな、この島のひとびとが今でもそうであるのと同じくらい無垢だった。その時分には、悪事をしでかした者に、アランモアの土地管理官兼治安判事がゴールウェイの監獄看守長に宛てた手紙を持たせて、監獄までひとりで行って決められた期間服役してくるよう指示するのがつねであったと、僕は聞いている。その頃には定期運航の汽船などなかったから、罪を犯した者は本土へ向かう一本マスト船（フッカー）をみつけて、監獄に近いところまで乗せていってもらうしかなかった。下船したら、荒れ果てた海岸をどこまでも歩いて監獄のある町までたどりついたのである。刑期をつとめあげると、弱々しくやせ衰えた身体で、ふたたび同じ道筋をたどってとぼとぼ帰った。本土の海岸から島へ行く船をみつけて乗せてもらうまでに、数週間かかることもしばしばであったという。すくなくとも、僕が聞いたかぎりではそういう話だ。

都会に住んで犯罪をおかす連中と同じ法律を、島のひとびとに適用するのはばかげているように思う。イニシュマーンで最も理性的な男が僕にしばしば語ったのは、法律なんてくだらんね、アランモアじゃ警察が入ってきたおかげで犯罪が増えたんだから、ということだった。この男によれば、こっちの島じゃ、もしちょっとした不和や争いが起こったときには溝が深まらんように友達が割って入るからね、しばらくすりゃあみんな忘れちまうんだ。ところがキルローナンじゃ、なんでもないことを事件にするために雇われてる連中がいる。一発なぐった瞬間にそいつらがとんできて逮捕されちまうんだ。殴られたほうの男は、殴った男を有罪にするために証言しなくちゃならない。両方の一族郎党が法廷に勢揃いして宣誓して、相手の悪いところの言い比べをやるんだから、しまいには両家は不倶戴天の敵同士になっちまう。有罪判決が出ようものなら、有罪になったほうは決して許さない。時期をみはからって、まあだいたい一年もしないうちに有罪になったほうが相手を訴えかえすんだが、こんどは訴えかえされたほうが相手を決して許さない。こうやって二家族の間には宿根がたまっていって、髪の毛の色をめぐる口論が、一年間ほど法律に割り込まれてこじれたあげくに殺人へと発展することだってありうる、というのが男の見るところだ。端的に言って、島では信頼のおける証言を得ることは不可能である。これは、ひとびとが不正直だからではなくて、血縁のきずなが要求するもののほうが抽象的な真実なんぞよりも神聖であると彼らが考えているからだが、こういう理由で証言が信用できないために、宣誓をおこなったうえでの証言にもとづく裁判制度そのものが、めちゃくちゃな茶番狂言と化してしまう。そういうわけで、このように誤った基礎にのっとった法律沙汰が、およそ考え得るかぎりの不正へと導かれるであろうことは、簡単に想像できる。

　こんな問題について老人たちと議論しているうちに、島カヌー(カラッハ)が塩や小麦や黒ビール(ポーター)を積んで戻ってきはじめた。

　今日は、ニューヨークで五年間過ごした後に島へ帰郷した男が評判になった。本土へ買い物に出かけた帰りの六人ほどの島人に混じって、この男は島へ上陸した。こざっぱりした背広を着込んで舟揚げ斜路(ボートスリップ)を登ったり下りたりしていたが、その姿は彼じしんの生まれ故郷には奇妙にそぐわない感じがした。その一方で、八十五歳になる男の母親が喜びのあまり半狂乱になって、すべりやすい海藻の上をあちこち駆けずりまわりながら、誰かれかまわず息子の帰郷を報告している。島カヌー（カラッハ）を定位置に片づけおわると、男たちが帰郷者をぐるりと囲んで歓迎のあいさつがはじまった。帰郷者は男たちと次々に握手を交わしたが、彼の顔に昔なじみの友だちと再会したほほえみは見られなかった。

この男は死にかけているのだそうである。

きのうの日曜日、三人の若者たちが僕をアラン三島南端のイニシーアへ連れて行ってくれた。島カヌー（カラッハ）の船尾がふさがっていたので、僕は船首にもぐりこむように言われ、頭が舷縁と平行になるくらい低い姿勢でおさまった。島のかげから外海へ出ると、二島の間の瀬戸に潮がかなりの速さで流れ込んできていた。おかげで、僕らの島カヌー（カラッハ）はちょっと表現しにくいような動きかたでたえず横揺れし、波間を跳ね飛んだ。

波と波の間のくぼみに舟が落ちこむ一瞬には、緑の波が僕の頭上にのしかかるようにアーチを描き、次の瞬間には僕は空中に放り投げられ、漕ぎ手たちの頭を見下ろすことができた。まるで、突き立てたはしごに腰掛けているような、あるいは、イニシュマーンの黒い断崖まで白い波頭がずっと続いている森を横切っていくような気分がした。

男たちは興奮していながら不安げにみえたので、僕は一瞬、舟は沈むかもしれないと思った。だがじきに、島カヌー（カラッハ）は波にもみくちゃにされても舳先をもたげることのできる、すぐれた性能を持っていることに気がついて、そのとたん、波に翻弄される動きが不思議と爽快に感じられるようになった。そして、かりに僕たちが青く深い裂け目のなかへ落下したとして、口の中にさわやかな海水の塩味をかみしめながら死んでいくのなら、たいていの死に方よりはましなのではないか、と考えた。

イニシーアに着いたときには激しい雨が降っていて、遺跡を見ることもひとびとに会うこともできなかった。

僕たちは、午後の大半をパブのなかで空き樽に腰掛けて、ゲール語の運命について語りあいながら過ごした。僕たちはパブの営業時間以外にも酒を飲める「旅行者」待遇を受けることができたのだ。僕たちが入店した後は窓に鎧戸が下ろされ、灰色の外光と嵐の音だけが窓のすきまからしのびこんできた。夕暮れに近づいて天気がすこしよくなったから、帰途の海は行きがけよりは静かだったけれど、真正面からの向かい風だったので、漕ぎ手たちは力をふりしぼって瀬戸を漕ぎ渡らなければならなかった。

おだやかな日には、僕はよくマイケルと釣りに出かける。舟揚げ斜路（ボートスリップ）を登りきったところの石灰岩の上に、島カヌー（カラッハ）を伏せて並べてある空き地までくると、彼は、僕たちがこれから乗っていく舟の船首をひょいと持ちあげる。そこで、僕は舟の下へもぐりこみ、一番前の漕ぎ手座の中央が首の後ろにくるようにして、ぐいっと持ち上げる。こんどはマイケルが船尾の下にもぐりこんで、最後尾の漕ぎ手座を両肩で支えて、立ちあがる。こうやって、波打ち際まで下りていくのだ。長い船首は僕の前方で弓なりに曲がっているので、足元の先二、三ヤードの小石しか見えない。背骨のてっぺんから、足裏にとがった石を感じている島モカシン（パンプーティ）を履いた足まで、びりびりするような痛みが走る。また、足首に舟の重みがかかるので、くるぶしがきしるように痛い。僕たちはのしかかる舟の下でうめきながら、よたよた進む。だが、足裏がようやく斜路までたどりついた感触を確認すると、僕たちは、はだしの子どもたちみたいな小走りで、坂を駆け下りていく。

そして、水際まで一ヤードのところでストップし、肩のうえの島カヌー（カラッハ）を右側へ下ろす。注意深く下ろしてやらなければいけないのだが、精一杯働かされてじんじんしている僕たちの筋肉には、難しい仕事である。舷縁が斜路に触れるまで下ろしたところでバランスを崩して、僕は舟の漕ぎ座のなかへころがりこんでしまうことがときどきあった。

きのう僕たちが使った島カヌー（カラッハ）は、このまえキルローナンへ行った日に舟底に穴が開いたあの舟だった。例の穴は修理してあったのだが、僕たちが櫂をとりつけている間に、タールで貼り付けた痕跡も真新しい布片（ツギ）が、日差しで熱せられた斜路に貼りついてしまったのだ。僕たちはあか汲み――スープ皿に似た木製の浅い水差し型容器で「カピーン」と呼ばれている――を携行していたので、ふたたび穴あきになってしまった舟底にたまった水を苦労して掻き出した後、ようやく海へ乗りだしていった。ところが、じきにまた僕の足元から水がほとばしり出てくるのだった。布片（ツギ）がとれてしまった上に今回は使えそうな袋も積んでいない。するとマイケルが、ポケットハサミをちょっと貸して、と言い、僕のハサミを使って驚くべき早さで自分のシャツのすそからフランネルを四角く切り取って、穴へ押し込んだと思うまもなく、櫂の一本からむしりとった裂片で押さえて、修理を完了させた。

　こんなことをして騒いでいるうちに、舟は潮に流されて岩礁すれすれのところまで来てしまっていた。ここでまたもやマイケルの手際のよさにほれぼれすることになった。舟が高波に乗せられてしまい、そのままいけば破滅へと投げ落とされてもおかしくなかった瞬間に、彼が両手の櫂をたくみにあやつってくるりと舟の向きを変えたおかげで、窮地を脱したのだ。

　なにしろ舟の状態が万全ではなかったから、その日はあまり遠出はしなかった。しばらくして、僕も櫂をあやつる練習をしてみた。ひとしきり漕いでみたらすこし要領がつかめてきたけれど、やはり簡単にあやつれるものではない。左右の櫂の柄は手元で六インチほど重なるようになっている。舟の幅が狭いので、てこの効果を得るためにはこのていど重なるような寸法にならざるをえないのだが、漕ぐのに慣れないうちは、どうしても上になった側の櫂で下になった側の手首を叩いてしまうのを避けることができない。櫂の表面は荒削りで、四角い形をしているため、手首にぶつかると打ち身になってとても痛い。そのうえ、体重が軽いふたりを乗せただけの島カヌー（カラッハ）はクルミの殻みたいに軽々と海面に浮いているから、一漕ぎするときに左右の力がほんのすこし不均衡になっただけでも、船首の向きは九十度以上もぶれてしまう。漕ぎ始めて最初の半時間で、気がついてみたらもと来た方向へ向かって漕いでいたということが一度ならずあった。マイケルはそれを見て、すごくおもしろがっていた。

今朝、僕たちは島の北側の桟橋の近くにふたたび舟を出した。黒タラ（ポラック）の流し釣りをしながら潮にまかせてゆっくり漕いでいたところ、ケルプを満載して舷縁ぎりぎりまで喫水が上がった島カヌー（カラッハ）が何艘か、キルローナンへ向かって僕たちの舟を追い越していった。

南からやってきたその島カヌー（カラッハ）の一団の進路に、海へ突き出した岩岬があった。その岩礁の先端に赤いペチコートに身を包んだ老女がひとり腰掛けて、震え声のゲール語をふりしぼって、キルローナンまで乗せていっておくれ、と呼びかけた。

すると、先頭を進んでいた荷物を積んでいない一艘がわざわざ舟をまわしていき、老女を乗せていった。

その朝は、しばしば雨天のときに島の周囲に現出する超自然的な美しさのかけらもなかったので、僕たちはひなたぼっこをして、ぼんやりと幸せな気分を楽しんでいた。海中を見ると、海藻がゆたかに繁茂していて、何も生えていない島の上の世界と奇妙な対照をなしていた。

ある場所には超常的な知覚を与える記憶が染みついていることがある、という考え方があるが、この家に泊まっている間に僕が見た夢のいくつかは、そういう意見を後押しするような内容だった。

きのうの夜、夢のなかで、奇妙に強い光を浴びた建物が建ち並んだ間を歩いた後、遠くのほうからかすかに楽器の奏でるリズムが聞こえてくるのを、僕は聞いた。

その音は僕のほうへ近づいてきた。しだいに速度と音量を増して、間違いようもなくはっきりとこちらへ近づいてきたのだ。その音はじゅうぶん近くまで来ると、僕の神経と血液のなかに入ってきて、音にあわせて踊るよう僕に促した。

もしこの誘惑に負けてしまえば、自分はなにかおそろしい苦悶の時間へと誘い込まれてしまうことがわかっていたので、僕は両手で膝を押さえて、踊り出さないようにがんばった。

音楽の音量はますます大きくなり、今では忘れ去られた音階でハープをかきならすような音色になって、その弦の音にはチェロのようにしみとおる響きがあった。

やがて、魂を魅惑する興奮状態は意志に打ち勝ち、僕の手足はひとりでに動き出した。

一瞬のうちに僕は音のつむじ風にさらわれた。僕の息と僕の思考と僕の身体のあらゆる衝動はダンスの一形式となり、ついには、楽器とリズムと僕じしんの身体や意識を区別することができなくなった。

しばらくの間、このダンス状態は喜びに満たされた興奮であるようにおもわれたが、やがてすべての存在が渦巻き運動のなかに巻き込まれてしまう忘我状態へと変容した。僕には、ぐるぐるまわるダンスの動きより生命力にあふれたものがいまだかつてあったとは、考えられなかった。つぎに、陶酔は突然、苦悶と怒りに変わった。僕はなんとかしてこの状態から逃れようともがいたけれど、自分が踊っているステップの激しさを増すばかりのようにおもわれた。悲鳴をあげたはずなのだが、その声はダンスのリズムをこだまさせたに過ぎなかった。

ついに、自分ではもはやどうすることもできなくなった熱狂のさなかに、僕はふとわれにかえり、目を覚ました。

僕は小刻みに震えている自分じしんの身体を窓辺へひきずっていき、外を眺めた。月が湾の上空に輝いているばかりで、島のどこからもなにひとつ音は聞こえてこなかった。

僕はあと二日でこの島を発つことになった。パット・ディラーンおじいはもう別れのあいさつをしてくれた。今朝、村でおじいと会ったとき、「おじいのちっさなねぐら」と呼んで毎晩寝泊まりしているあばらやへ、連れて行ってくれた。

僕はおじいのねぐらの戸口のところに腰掛け、おじいは僕の背後の寝床の脇の腰掛けにもたれるように座りこんで、長い時間を過ごした。おじいは、僕が彼から聞く最後の話となる物語を語ってくれたが、その内容は、書き留めておくには及ばぬような粗雑な逸話だった。それから、彼は、若い頃どんなふうに放浪したか、また、若い神父たちにアイルランド語を教えていたときにはどれほど立派な家に住んでいたかを、ひそやかな自慢をこめて語った。

島人たちによれば、パットおじいは四人分のウソをつくことができるのだそうだ。おそらく、いろんな話を聞き覚えてきたおかげで、想像力が豊かになったのだろう。

おじいに「神様のお恵みを」と言おうとして、腰掛けていた戸口のところで僕が立ちあがると、おじいは奥の藁敷きの寝床にかがみ込むようにして涙をこぼした。そして、僕のほうへ向きなおり、小刻みに震える手をさしのべた。いつも松葉杖をついて歩くために、その手には手袋をしていたが、手のひらには穴があいていた。

「わたしはもう二度とあんたさんには会えません」と、頰に涙を伝わせながらおじいは言った。「あんたさんは情け深いお方です。あんたさんが来年、島に来なさるときにゃあ、わたしはもうおらんでしょう。冬は越せないとおもっております。よおく聞きなされ。ダブリンの町へ行ったらわたしに保険をお掛けなさるがいい。そしたら、わたしが埋葬されるときに五百ポンド受け取れますからな。」

この日の晩は、僕の島での最後の晩だったが、たまたま「守護聖人の祭(パターン)」――ブルターニュの「罪の赦しを乞う祭(パルドン)」に似た祝日――の前夜にあたっていた。

僕は祝祭のようすを見たくて待ちかまえていたのだが、イリアン・パイプス奏者が来られなくなったとのことで、お楽しみはとりやめになってしまった。隣島から友人や親戚もおめかししてやってきていて、パブの周辺にたむろしていたのだけれど、音楽がなくてはダンスもはじめようがなかった。

こういうお祝いの時にイリアン・パイプス奏者がいてくれると、ダンスとお祭り騒ぎの素敵な一日になる。ところが、ゴールウェイからやってくるおなじみの奏者はだいぶ年老いてきて、海を渡ってきてくださいと頼んでも、このごろは重い腰をなかなかあげてくれないらしい。

とはいっても、昨晩は聖ヨハネ祭の前夜(イヴ)だけあって、大かがり火が焚かれ、少年たちが火のついた泥炭のかけらを持って走り回っていた。だが、かがり火から採った火を家のかまどの種火にする習俗がこの島でも生きているかどうかは、確認することができなかった。

僕は観光客や旅商人たちでごったがえしているホテルを出て、ゴールウェイ湾の海岸を歩きながら、アラン三島の方角を眺めた。岩だらけのさびしい島々を懐かしむ僕の思いは、ことばにできないくらい激しいものだった。このゴールウェイの町だって、ふだんなら野性味あふれる人間観察がいくらでもできる場所であるはずなのに、今の僕の目には、現代生活における最も粗雑なものばかりが寄せ集められた安っぽい町にしか見えない。金持ち連中のくだらなさと貧しいひとびとのみじめったらしさが僕の心に突き刺さって、不思議なことに同じ嫌悪感を催させる。その一方で、島々は僕の心のなかで早くも薄らいできて、海藻の匂いや大西洋の轟きが島々を取り巻いているということが、もうほとんど実感できなくなっているのだ。

親しくなった島人のひとりからこんな手紙が届いた。

拝啓　ジョン・シング様　あなたからの手紙ずいぶん長いこと待ってますが、あなた島のことすっかり忘れになってまったでないかおもいます。

大島（アランモア）の××さんずいぶんまえに亡くなり、彼の死後、持ち船港に錨を下ろしてましたが、黒岬まで風に流され壊れてまいました。

あなた帰ってからアイルランド語勉強しますか。ゲール語連盟（ゲーリック・リーグ）の支部今では島にありまして人々アイルランド語よく習い読みます。

わたしは今度あなたにアイルランド語手紙書くでしょう。来年あなた島に来てわたしたちに会いますでしょうか。それならあなたまえに手紙書くでしょう。あなたの親愛なる友達みな健康において良好です。わたしはあなたの変わらぬ友達（ミシャ・ド・ハラ・ゴ・ブアン）。

釣りに使う疑似餌を送ってあげた少年も僕に手紙を書いてよこした。はじめはアイルランド語で、終わりのほうは英語になっていた。

親愛なるジョン　あなたからの手紙、四日前に届きました。アイルランド語で書いてあったから、ぼくの上に誇らしさとうれしさありました。立派な良い楽しい手紙でした。あなたが送ってくれた疑似餌どれもたいへん良いものですが、ぼくは疑似餌ふたつと自分の釣り糸半分なくしました。大きな魚がきて餌に食いつき、釣り糸が悪かったから糸の半分と餌去っていきました。姉さんがアメリカから帰ってきましたが、またじき行ってしまうとぼくはおもっています。姉さんは今では島はさびしくてまずしいとおもいます。ぼくはあなたの友達……。

返事じきください。ご自分にアイルランド語で書かせてください。さもないとぼくは読まないつもり。

第二部

西部地方を再訪する日の前の晩、マイケルあてに手紙を書いた。マイケルは島を離れ、今は本土で働いて生活費を稼いでいる。あすは日曜だが、その朝、君が下宿している家を訪ねるつもりだからよろしく、と書き送ったのである。

僕が翌朝その下宿を訪ねると、西部地方特有の端麗な顔立ちをした若い娘が戸口に出てきた。彼女の英語はかなりあやしかったが、僕のことはすでに全部聞いているようすであった。彼女は、自分が僕に伝えなければならない伝言の重要さを意識しすぎるあまり、ちゃんとした英語がしゃべれなくなってしまっているように見受けられた。

「彼女はあなたの手紙受け取りました」と娘は言ったのだが、これは「彼は」と言うべきところで、西部地方ではよく耳にする代名詞の混同である。「彼女はミサに行きましたので、その後には広場にいるでしょう。あなたさまが今広場へお行きになりそこにお座りになれば、マイケルがみつけるでありましょう。」

僕が本通りを広場のほうへ戻っていくと、マイケルが僕のことを待ちくたびれて、こっちへぶらぶら歩いてくるのに出会った。

しばらく会わない間に、彼はたくましい男に成長したようだ。いかにも西部コナハトの労働者らしい茶色の分厚いフランネルの服を着ている。すこし立ち話をした後、僕たちは引き返して、町の向こう側の砂丘へ行くことにした。僕が泊まっているホテルのドアからいくらも離れていない通りでマイケルに出会ってびっくりしたのは、彼の天性が、新しい生活にも、彼が出会った町の人間や船乗りたちにもほとんど染まらずに、純なままでいたことだった。

「オレは日曜にはよく町はずれまで来るわけ」と、彼は言った。「だって、仕事してないときに、町で、人混みのまんなかで、何にもすることないからさあ」。

しばらくして、マイケルの友達のアイルランド語を話す労働者が、僕たちの会話に加わった。そして、草の上に寝そべって、何時間もしゃべったり、議論したりした。その日はひどく蒸し暑くて、砂丘の上にもその向こうの海にも半裸の女たちがたくさんいたのだが、ふたりの若い青年たちは彼女たちの存在に気がついていないようにみえた。ところが、そろそろ町へ戻ろうかという頃になって、僕たちが寝ころんでいたところの近くへひとりの男がやってきて、輪を描くように若い馬を乗り回しはじめた。すると、ふたりの好奇心がにわかに頭をもたげるのがわかった。

その日の夕方遅く、僕はマイケルともう一度待ち合わせて、湾を見渡す海岸をぶらぶら歩いた。あたり一帯はかなり暗くなるまで海水浴の女たちで混みあっていた。僕が島から戻ってくるまで、マイケルとはしばしお別れである。彼はあしたは仕事だし、火曜には僕はいよいよ汽船で島へ渡るのだ。

今朝、三島の真ん中のイニシュマーンへまたやってきた。キルローナンまでは汽船で、そこからは塩漬けの魚を積んできていた島カヌー（カラッハ）に乗り換えてここまできた。舟揚げ斜路（ボートスリップ）からずっと登ってくると、村の家々の戸口には女たちや子どもたちが鈴なりになっていて、そのなかの何人かはわざわざ道路へ出てきて握手を求め、「一千の歓迎をあなたに」というあいさつことばで迎えてくれた。

パット・ディラーンおじいは亡くなった。そして、ここで知りあったうちの何人かはアメリカへ行ってしまった。僕がこの島を去ってから何ヶ月もの間に起きたニュースとして島人たちが語ってくれたのは、これがすべてだった。

このまえと同じ家に到着するとなつかしい顔が出迎えてくれ、僕がもってきたちょっとしたおみやげをたいそう喜んでくれた。おかみさんには折りたたみ式のハサミ、おやじさんにはカミソリ用の革砥（かわと）などといったこまごましたものである。

そうこうするうちに、この家にまだ同居している末息子のコラムが奥の部屋から目覚まし時計を持ち出してきた。去年僕が帰るときに置きみやげにしたものである。

「この時計はすごく気に入ってるわけ」と、時計の裏をたたきながら、コラムは言った。「釣りに行きたい朝にはいつも起こしてくれるからね。この時計ほどちゃんと時を告げる雄鶏はこの島に二羽といないさ」。

僕は去年撮った写真を見せようとおもって持ってきていた。食堂兼居間(キッチン)の扉近くの小さな腰掛けに座って、それらの写真をこの家の家族に見せていたら、去年何回か話したことのある美しい娘がそっと入ってきて、簡素だけれど心のこもった歓迎のことばをくれたかと思うと、写真を見ようとして、僕が腰掛けている脇の床にじかに座りこんだ。

島のひとびとの大半には羞恥心や自意識がまったくない。そのことが島人たちに独特の魅力を与えている。この若くて美しい娘が自分の気に入った写真をもっとよく見ようとして、僕の膝の上に横から身を乗り出してきたとき、島の暮らしの不思議な天真爛漫さをあらためて強く感じたのだった。

去年ここへ来たときにはすべてが目新しくて、島人たちもすこしよそよそしかったけれど、今では友人もできたし、島の暮らしのこともわかってきたので、彼らの人間的な持ち味が以前よりも強烈に僕を打つ。

島の写真に写っている人物の当てっこをしてみんなで大いに盛り上がった。すべての人物が誰だかわかったし、たまたま写り込んだ手や足さえ、誰だかみんな区別がついた。そこで、僕はウィックロウ州で撮った写真も何枚か見せることにした。ほとんどの写真はラードラムやオーリムの定期市とか、丘の上で泥炭を切り出している男たちなど、内陸地方の暮らしのさまざまな場面を撮った断片的なものだったが、日頃眺めるものが海しかなくてあきあきしている島のひとびとはとても喜んで見てくれた。

今年は、アラン諸島の暮らしの暗い側面を目にすることになった。太陽はほとんど顔をのぞかせず、来る日も来る日も冷たい南西風が断崖の上を吹き抜けて、雹（ひょう）を降らせ、分厚い雲を運んでくる。

出稼ぎに行かずにこの家にとどまっている息子たちは、天候が許す限り午前三時頃から日没後まで漁に出ているが、ほとんど稼ぎがない。魚の数が減っているからだ。

おやじさんも長い釣り竿と撒き餌で一本釣りをするのだが、たいていは息子たちよりもとぼしい漁獲しか得られない。

天気が完全に崩れたときには漁はあきらめて、男たちは雨の中でじゃがいもを掘ることになる。女たちがこの作業を手伝うこともあるが、ふつうは仔牛の世話と屋内での糸紡ぎが彼女たちの仕事である。

今年は、一家じゅうになんとなくふさぎこんだ気分がただよっている。息子たちのふたりが出稼ぎに行ってしまっているためである。マイケルは本土へ、去年はキルローナンで働いていたもうひとりの息子は合衆国へ、行ってしまった。

そのマイケルから、きのう、母親――おかみさんのことだ――にあてて手紙が届いた。マイケル以外の誰もアイルランド語の読み書きができないので、その手紙は英語で書いてあった。自分の部屋にいた僕の耳にも、その手紙の英語のスペリングをゆっくりたどってアイルランド語に訳していく声が聞こえてきたが、しばらくして、おかみさんがその紙を持ってきて、読んでくれるよう僕に頼んだ。

マイケルはまず自分がやっている仕事と、もらっている給料のことを書いていた。それから、ある晩ゴールウェイの町の通りを歩いていたときふと空を見上げたことがあって、島の砂岬で見たらさぞかしきれいな夜空だろうなと思った、と報告していた。そして、でも寂しいとか哀しいとか思ってるわけじゃない、とつけくわえてあった。手紙のしめくくりには、民話を語るときのようなドラマチックな書き方で、日曜の朝、僕と出会ったときのことが書いてあった。「ほんとに、二時間か三時間、オレたちは楽しい話をしたのでした」、と。また、僕が彼に贈ったナイフについては、まさにほれぼれで、「彼女みたいなのを見た」ことのある島人はだれもいない、と書いていた。

別の日にはアメリカへ行った息子からも手紙が届き、片手にちょっとけがをしたけれど今はよくなったので、これからニューヨークを離れてもう二、三百マイル奥まで行ってみるところだ、と書いてあった。

その晩ずっとおかみさんは炉辺の腰掛けに腰を下ろし、ショールをかぶったまま、自分ひとりでひっそりと哀悼歌（キーン）を歌いつづけた。アメリカは遠いとはいうものの結局は大西洋のあっち側にすぎないんだ、とおかみさんは感じていたのだが、みんなが鉄道やら海のない内陸の都市やらの話をするようになるといよいよついていけなくなってしまい、やっぱり息子はもう帰って来られないところまで去ってしまったのだということが、しみじみ胸にこたえたのである。去年は家の裏の石垣のてっぺんに腰掛けてね、息子が働いてる一本マスト船（フッカー）がキルローナンの港を出て瀬戸へ乗りだしていくのをよく見送ったもんだよ、とか、みんな出ていっちまったあとは誰々が話し相手になってくれてね、とかいう話を、おかみさんは僕にくりかえし聞かせる。

アランの島々では女たちの母性愛がとても強いので、女の人生は苦しみの連続になる。息子たちは成年に達するやいなや島の外へ出なければならない。あるいは、島で暮らすとしてもつねに海の危険にさらされる運命を背負うことになる。娘たちも島を出て行くか、さもなくば、子育てで疲れ果てる運命だが、たいへんな思いをして育て上げた子どもたちもじきに同じ運命を背負い込むわけで、結局は親たちの心労の種となるのである。

過去二十四時間嵐が荒れ狂っていたなかを、ひとりで崖上をあちこち歩きまわったものだから、僕の髪の毛は塩でごわごわになってしまった。崖下の海面から水しぶきの途方もなく巨大なかたまりが吹き上がってきたかとおもうと、ときにはそいつが突風にあおられて渦を巻き、岸からよほど離れたところまで到達することがある。そんな水しぶきが頭のてっぺんめがけて降りかかってきたときには、真っ白な泡爆弾の一撃をくらって世界が一瞬真っ白になり、おもわずしゃがみこんだほどだ。

波はとんでもなく高いのだが、なかでもひときわ高い波が来た瞬間には、目の上を殴られたひとが思わず目を閉じるように、僕は本能的に身を隠そうとして身体をそむけた。

二、三時間も身を晒していると、海がひっきりなしに変化し、身もだえするのに向かい合うこちらの精神も混乱してきて、最初のうちは爽快な興奮を味わっていたのが、しまいにはどす黒い落胆に支配されてしまう。

島の南西の隅のところで、岩場にびっしり打ち上げられた海藻を拾っているたくさんのひとびとを見た。寄せては砕ける波の間から男たちが掻き集めた海藻の山を、若い女たちが力を合わせて崖上まで運んでいた。

海藻を運ぶ娘

ふだんの衣服にくわえて、この娘たちは両肩から生の羊皮をまとっていた。これは海藻からしみ出してくる海水をよけるための皮衣なのだが、口元に乾いた塩をこびりつかせ、髪についた海藻がまるで冠をかぶったようにみえる彼女たちは奇妙に野性的で、アザラシそっくりだった。

ここから先の散歩では、シギの一群れと、セキレイが二、三羽石の隙間に隠れているのをみつけた以外、生き物には出会わなかった。

日没のころ雲が切れて、嵐は暴風にかわった。瀬戸の上空には紫の雲が幾筋もかかり、海上では荒波が西からつぎつぎに押し寄せてきて、雪のようなしぶきを吹き上げてはとりとめのない幻想の花輪を織り上げていた。やがて、湾全体が猛烈に興奮したような緑に染まり、東方のコネマラ十二峰（トゥエルブピンズ）が藤紫と深紅になった。

人間のことばでは説明しきれない力にあふれたこの世界が暗示してくるものがあまりに大きかったので、もういまは真夜中で、風も穏やかになったのに、僕はまだ興奮さめやらず、身体がふるえ、ほてってしかたがない。

雨の中、島モカシン（バンプーティ）を履いて濡れた小道を歩きまわったために、風邪をひいてしまい、熱がある。風がものすごい勢いで吹いている。もしこのまま容態が悪くなったら、本土の誰一人そのことを知らぬ間に僕はここで死に、棺に入れられ、蓋が釘打たれ、墓地の濡れそぼった狭い穴に埋められるだろう。

二日前、南のイニシーアから出た一艘の島カヌー（カラッハ）が海上を通過していくのが見えた。この島が荒天に閉じこめられているときでも、あちらの島には波の立たない入り江があるので、舟を出すことができる。あの舟は医者を呼びに行ったのだとおもう。舟が出た後、帰ってくるには危険なほど海が荒れ狂ったため、時化（しけ）の海上を南東に向かって戻っていく島カヌー（カラッハ）が目撃されたのは、ようやく今朝のことであった。

まず、四人乗りの島カヌー（カラッハ）をふたりで漕いで、あとふたり——たぶん神父と医者であろう——を乗せたのが先導し、その後ろをイニシーアから出た三人乗りの島カヌー（カラッハ）がついていく。二艘目の舟はなんだかあぶなっかしく見えた。こんな天候のときに医者を呼びに行くばあいには、神父にもいっしょに来てもらうことが多い。万一神父の出番が必要になったばあい、後から呼びに行けるかどうかわからないからである。

島では病人がでることはめったにないし、出産のばあいにも女たちが協力しあってすませてしまうので、専門の助産婦を呼ぶ必要もない。ほとんどのばあい手間いらずなのだが、どうしても緊急に神父と医者を呼んでこなくてはならない必要が生じるときがある。そして、そういうときは得てして手遅れなのだ。

去年数日間この家で預かっていた赤ん坊は、ここに住み着いてしまっている。僕の見るところ、息子たちが巣立ってしまったおかみさんが、寂しさをまぎらわすためにひきとったのだと思う。

　この男の子は今ではもうちゃんと大きくなって、子どもと呼ぶのがふさわしい。けれど、まだ、ゲール語は二言、三言しか話せない。お気に入りの遊びは、棒を持って扉のかげに隠れていて、放し飼いの豚やめんどりが家のなかへ入ってきたら飛び出して追いかけ回すというものだ。食堂兼居間（キッチン）に居着いている二匹の子猫たちも、この男の子からご難をこうむっている。いじめるつもりはないのだが、扱いが手荒いのである。

　おかみさんが暖炉で燃やすための泥炭を持って僕の部屋へ来るときはいつも、男の子も両脇に泥炭をひとつずつ抱えて、神妙な様子で後ろからついてくる。そして、抱えてきた泥炭を炉床の脇にそっと置くやいなや、くるっと向きを変え、妖精除けに着せられた長いペチコートをひるがえして逃げていく。

　この子はまだ炉辺を離れられないくらい幼いので、島全体に通用する正式な名前は与えられていないが、家のなかではみんなたいてい彼のことを「ミホーリーン・ベグ」（「ちびっこマイケル」という意味）と呼んでいる。

　彼はときおりお仕置きのためにぶたれることもあるけれど、悪い子のところには城砦（ドゥーン）に住んでる「長い牙の鬼バーバ」が来て食べちゃうんだぞ、とおかみさんが話してきかせるとたいてい言うことを聞く。この子は一日の半分を、冷えたじゃがいもを食べ、すごく濃いお茶を飲んで過ごしているが、きわめて健康であるようだ。

マイケルからアイルランド語で書かれた手紙が届いた。逐語訳してみよう。

親愛なる紳士殿へ――あなたが汽船に乗ったあの日、あなたはわたしの父の家に無事たどりついたので、わたしは喜びと誇りをもってこの手紙を書いています。あなたに孤独がのしかかることはなかろうとおもっています。かく申しますのも、すばらしくて美しいゲール語連盟（ゲーリック・リーグ）がありますゆえ、あなたは力強く学ぶでありましょう。

今はあなたひとりのほか朝から晩までともに散歩するひとがいないでしょう、とわたしはおもっています。それはたいへん遺憾です。

わたしの母とわたしの三人の兄弟と姉妹たちはどうしていますか。それから白髪のマイケル親父と、かわいそうなちびっこマイケルと、ごましお頭のおばあさんと、ローリーのことも、忘れずに教えてください。わたしは友達や親戚のことをだんだん忘れてしまいつつあるのです。わたしはあなたの友達……

家族を全員名指しして近況をたずねたあとで、マイケルが自分の忘れっぽさをわびているのは少し奇妙である。僕の見るところ、ホームシックの第一波が去っていこうとするなかで、彼は自分ひとりが満足のいく暮らしをしていることに思い当たり、そのことが親族に対する裏切りであると思ったのではないだろうか。

この手紙が僕の手元に届いたとき、マイケルの友人のひとりが食堂兼居間（キッチン）にいた。僕が読み終わるとすぐに、おやじさんがこのひとに頼んで手紙を読み上げてもらった。彼は、手紙の最後の文までたどりついたところで一瞬ためらい、結局その文はとばして読み終えた。

この若者は以前、所蔵している『コナハト恋愛詩集』を持ってきて見せてくれたことがあるが、そのとき、僕は彼を説き伏せて、いくつかの詩を朗読というか朗唱してもらった。彼が二つ三つ読み終えたところで、僕はふと気がついた。本に載っている詩句とは異なるところもあるけれど、おかみさんはこういう詩を子どもの頃からたくさん聞き覚えていたのである。おかみさんはちょうど炉端の腰掛けに腰を下ろして、藍色染料（インディゴ）の瓶に毛糸を入れて染めている最中だったが、身体だけは優しく揺らしていた。そして、若者が詩を読み終えると、おかみさんがその後をひきとって、ほれぼれするような抑揚をつけておなじ詩を暗唱してみせたことが何度かあった。おかみさんは恋のせつなさや激しさを声にこめて唱ったので、その朗唱からは、深遠さをきわめた詩だけが奏でる妙なる韻律が聞こえてくるようだった。

ランプの火が燃え尽きかけたころ、またもやおそろしい大風が怒号と悲鳴をともなって島を襲ってきた。ここに腰掛けて、この島の女たちや男たちに混じって、この世でいちばん古くからある情念のさまざまを歌った荒削りで美しい詩に耳を傾けていたら、これらいっさいが夢そっくりだと思えてきた。

夏の間コネマラへやって放牧していた馬たちが、二、三日前から戻ってきはじめた。去年牛たちが積み出されていくのを見たあの砂浜に馬たちが上陸してくるので、僕は波間をやってくる馬のようすを見るために今朝早く浜まで行った。一本マスト船（フッカー）は岸からすこし離れたところに錨を下ろしていたが、舷縁のところに立っている一頭の馬の周囲を男たちがとりまいて大声ではやしたて、縄の切れはしを鞭代わりにしてピシッと打っているのが見えた。馬がじきに海へ飛び込むと、島カヌー（カラッハ）に乗って待ちかまえていた何人かの男たちが端綱をとらえ、波打ち際まで二十ヤードのところまで引っ張っていった。そこで島カヌー（カラッハ）は一本マスト船（フッカー）のほうへ引き返していき、馬はじゃぶじゃぶ歩いて自力で浜にあがった。

僕がたたずんで見物しているところへひとりの男がやってきて、型どおりのあいさつをした後、「いま、世界では戦争がおこなわれておりますか、だんな」と尋ねてきた。

そうだな、南アフリカのトランスヴァールでちょっと緊張状態になっていますね、と答えていたら、ちょうど馬がまた一頭波打ち際近くまでやってきたので、僕は男に別れを告げてそちらのほうへ歩いていった。

それから、海岸線にそって桟橋のところまで歩いた。桟橋には最近荷揚げされた泥炭が大量に山積みになっていた。通常、泥炭はしばらくの間砂丘に野積みされた後、島にいるロバや馬の背につけた荷かごにわけて家々へ運ばれていく。

ここ二、三週間、島人たちはその作業で忙しい。村と桟橋をむすぶ道では、赤いペチコートを着た少年たちが列をなしてロバを背後から追い立てていき、泥炭を下ろした後は空身のロバの背に乗って、ゆっくり桟橋まで駆けさせてくる。

島の男や女たちと僕との間には、奇妙にかけ離れた距離がある。僕じしんや動物たちが持っているのと同じ情緒を島のひとびとも持っているにもかかわらず、彼らに伝えたいことがたくさんあるとき、僕が話せることといったら、霧深い山のなかで僕の隣にいて鼻をクーンと鳴らしている犬に伝えられる程度の中味が関の山なのだ。

島人たちといっしょにいると、想像もおよばないような考えに出くわしてたえず驚かされるのだが、彼らと僕じしんが同じように共感できる感情に出会って衝撃を受けることも多い。この島は自分にとって完璧なふるさとであるとともに休息の場所だと感じる日があるかと思えば、島人たちに混じった自分ひとりだけが宿無しの迷い犬なのだと感じる日もある。彼らが僕を思うよりも、僕が島人たちを思う気持ちのほうが強い。僕が彼らに混じってうろうろしているとき、ひとびとは僕を好意的にあつかってくれるときもあるが、笑いの種にするときもある。そして、僕がこの島でいったいなにをしているのかについては、決して知ることがない。

夕暮れ時に、ひとりの娘とときどき会うことがある。この娘はまだ十代の半ばを過ぎてもいないのに、島で出会った誰よりもいろんな点でものごとを深く意識的にとらえているようだ。この子は本土でしばらく暮らしたことがあり、ゴールウェイで経験した幻滅が彼女の想像力に影響をあたえているらしい。

暖炉を真ん中にはさんで腰を下ろし、娘の話を聞いていると、ひとつの文章を語る間にも彼女の声は、子どもらしい陽気さと、悲しみで疲れ果てた古い民族の哀調をおびた抑揚との間を、行ったり来たりする。ある瞬間には彼女は素朴な農民の娘であるが、別の瞬間には、先史時代の幻滅を知るまなざしで世界を見つめ、その灰青色の両眼のなかに、雲と海からなる外部世界の落胆のすべてを集約しているかのようにみえる。

僕たちの対話の話題はいつもとりとめがない。ある晩には、本土の町の話になった。

「あ、あれって変なとこ」と彼女は言った。「あんなとこに住みたくない。変なとこだもん。でも、変でないとこなんてあるのかしら。知らない。」

別の晩には島に住んでいるひとや島を訪れるひとが話題になった。

「××神父様は行っちゃった」と娘は言った。「親切なひとだったけど、変なひと。神父さんたちってみんな変。でも変でないひとなんているのかしら。知らない。」

そして、長い沈黙の後、娘は、自分じしんもとても驚いたしそれを聞いたら僕だってきっと驚くに違いないことを打ち明けるかのような、深刻な面持ちで口を開いたかと思うと、あたし、男の子がとっても好きなんだ、と言った。

僕たちのおしゃべりはよく子ども時代特有の無垢なリアリズムでいっぱいになるのだが、彼女はいつもものごとを正確で魅力的に表現しようとして、涙ぐましいくらいにがんばっている。

ある晩、娘が自分の家の小さな脇部屋の暖炉に火を点けようとしているところへ、僕がたまま通りかかった。どこにでもあるふつうの暖炉である。僕は手を貸してやろうとおもって、その部屋へ入り、風の通り道をつくるには暖炉の開口部に新聞紙をどんなふうにかざしたらいいのかやってみせた。娘はそのやりかたははじめて見たというので、僕は、パリには一人暮らしの人間がたくさんいて、みんな頼めるひとがいないからこうやって自分で火をおこすんだよ、と話してやった。彼女は床にぺたりと座りこんで泥炭の火を見つめていたが、僕が話し終えるとびっくりしたように顔を上げた。

「それじゃまるであたしじゃん。都会に孤独なひとたちがいるなんて信じらんない。」

僕たちはおたがいに共感しあっていたけれど、その底に依然として深い溝が横たわっているのを、ふたりとも感じていた。

この晩僕が帰ろうとしたら、娘は、「そうか、おにいさんもやがて地獄へ堕ちるんだよね」とつぶやいた。

日没後に若者たちがどこかの家の食堂兼居間(キッチン)に集まってトランプをするときに、若い娘たちも二、三人やってきて一緒に過ごすことがあるが、そんな場所で、この娘に会うこともよくある。そういうとき、彼女の目は蠟燭の明かりを映して輝き、頰は初々しい内面の激動に赤らんでいる。そして、ついには、毎晩泥炭の炎にかがみ込んでものうげにつぶやいているあの娘と同一人物とは思えなくなる。


前回僕がこの島を訪れた後、ゲール語連盟(ゲーリック・リーグ)の支部がこの島で活動を開始した。毎週、日曜の午後になると三人の少女たちが甲高い音の振鈴を鳴らしながら村じゅうを歩いて、女性集会の開始を知らせる。ここでは時間の観念がしっかりしていないので、あらかじめ開始時刻を決めておいても意味がないのである。

すこしすると、ミサ用のとっておきの赤いペチコートをまとった五歳から二十五歳までの娘たちが、三々五々学校のほうへ集まっていく。これだけの若い女たちが午後の自由な時間をわざわざ割いて、ゲール語にたいする漠然とした敬意をもっているというだけの理由で、正しいつづり字のしかたに関する面倒くさい勉強をしようというのだから驚いてしまう。娘たちがこれほどの敬意をもつようになったのは、近年島を訪れたひとびとの影響が絶大ではあるけれども、それにしても彼女たちがそうした影響をこれほど鋭敏に感じているという事実じたいが、興味深くおもわれる。

近頃のゲール語復興運動の影響を受けていない旧世代のひとびとには、ゲール語にたいする特別な愛着はみとめられない。彼らは、子どもたちが世の中を渡っていきやすくしてやるために、子どもにはできるかぎり英語で話しかける。若者たちでさえ、僕に向かってこんなことを言ったことがある——

「あんたさんにはがんじょうな英語があっていいなあ、おれにもそういうのがもらえるように神様に祈りますよ。」

こういった言語の問題について言えば、女たちは一大保守勢力である。彼女たちは学校でも親からもほとんど英語を習っていないが、島生まれでないよそ者とことばを交わす機会もほとんどないので、外国語の知識はきわめて初歩的なものにとどまっている。僕が泊まっている家で女たちの口から英語の単語が出るのを聞くのは、彼女たちが豚や犬のことを話しているときか、娘が英語の手紙を読んでいるときぐらいである。しかし、もっと自己主張が強い気質の女たちもいて、あきらかによそ者と接する機会はまれであるにもかかわらず、かなり流暢な英語力を身につけてしまうケースもある。この家のおかみさんの親戚で、よく遊びに来る女性などはそのよい例だ。
　僕はときどき男の子たちが行く学校をのぞいてみるのだが、子どもたちどうしはいつもアイルランド語でしゃべっているのに、みな英語をよく知っているのでびっくりさせられる。校舎はがらんとした建物で、ひどい吹きさらしの場所にたっている。寒い季節には、生徒たちは毎朝泥炭のかたまりをひとつ、教科書といっしょに紐でくくって持ってくる。火を絶やさないための素朴な使用料というわけだ。とはいえ、この島にももっと近代的なやりかたが、もうじき導入されることと思う。

　今、僕はふたたびアランモアに来て、瀬戸の向こうの断崖を不思議な感慨をもって眺めている。瀬戸の南に並んで見えるあばらやに住むひとびとが、太古の詩や伝説に見いだされるのと同じ不思議な特質を持っているというのは、ほんとうに信じがたい。それにくらべると、繁栄とともにアランモアにもたらされた堕落には、ひどくがっかりさせられる。イニシュマーンでは人間が鳥たちや花たちと共有している魅力が、こちらの島ではものをがつがつ欲しがるひとびとの不安にすりかわってしまっている。顔立ちの特徴は同じなのに、目の光りと表情が違う。この島では子どもたちにさえ、いわく言い難い近代性のようなものが宿っている。イニシュマーンのひとびとにはまったく見られないことである。

イニシュマーンからアランモアへの今日の船路は荒れ模様だった。朝から嵐だったので、ふつうなら海を渡ろうなどとは考えない状況だが、島カヌー（カラッハ）に便乗させてもらう手はずがすでに整っていたので、取りやめたくなかったのである。村の各戸をまわって告解を聞いてミサをあげる年一度の行事のために、教区司祭がイニシュマーンへ来る予定になっていたので、その司祭を向こうの島まで迎えに行く舟に乗せていってもらうことになっていたのだ。

僕はいつものように、朝起きると断崖のところまで歩いてみた。何人かの男たちに行き会ったが、これから海へ出るのだと僕が言うとみな首をかしげ、海がこれほど荒れていては島カヌー（カラッハ）で瀬戸を横切るのは無理だろうと言った。

家へ帰ると、ちょうど南のイニシーアから助任司祭が到着したところだった。いままで経験したなかで最悪の船路だったという。

午後二時に潮が変わり、それ以後は風向と波の流れが同じ方向になるから、海は静かになってくるだろうという話だったので、午前中はずっと食堂兼居間（キッチン）で待機することにした。待っていると男たちが数分ごとにやってきて、今日の航海を決行すべきかどうか、また、どのあたりで海がいちばん険悪に荒れるかについて、さまざまな意見を述べていった。

結局、舟を出すことに決まり、石垣の隙間を風がわめき散らしていく大雨のなか、僕は桟橋までの道を下っていった。村にさしかかると、学校の先生と、僕といっしょに乗っていく予定だった神父さんが出てきて、今日はやめておいたほうがいいと言ってくれたけれど、漕ぎ手たちはもう先に行っているので、僕も行ったほうがいいと判断した。泊まっている家の長男が僕と同行することになっているのも安心だ。というのも、もしほんとうに危険なほどの荒れ具合だったら、僕よりずっと海をよく知っているおやじさんが息子を行かせるはずはないからである。

漕ぎ手たちは村のすぐ下の高い石垣の陰で僕が追いつくのを待っていてくれ、そこからはみんなで道を下っていった。島がこれほど荒涼たるすがたを見せたのははじめてだった。風に吹きまくられる雨のなか、黒い石灰岩の岩畳の向こうで荒れ狂っている湾を遠目にすると、言い知れぬ憂鬱な感情がおおいかぶさってきた。

おやじさんは、恐怖だって役に立つのだ、と話してくれた。

「海をおそれない人間は舟を出しちゃいかん日に舟を出すから、じきに溺れるんで。けれども、わたしらは海の怖さを知っとるからね、ときたま溺れるだけですむわけ。」

海岸近くまでくると、近所のひとびとが何人か僕を見送りにきてくれていた。一同で砂丘を横切っていくときには、叫ばないとおたがいの声が聞こえないほど風が強かった。

漕ぎ手たちは島カヌー（カラッハ）を水際まで下ろし、桟橋の風下に立って帽子の紐を結び、防水服（オイルスキン）を着込んだ。

彼らは櫂やら、U字型の櫂受けやら、そのほか舟のあらゆる部分をこれまで見たこともないくらい注意深く点検すると、ようやく僕の荷物を運び込んで、準備万端整った。四人の漕ぎ手のほかにアランモアへ渡りたいというもうひとりの男が同乗することになった。この男が船首に這い込もうとすると、ひとりの老人が見送りのひとびとのなかから歩み出た。

「その男は乗せていかんほうがいい」、とそのおじいは言った。「先週、その男をクレアの海岸まで乗せていった舟の連中は全員溺れかけた。べつの日にそいつがイニシーアへ渡ったときにゃ、島カヌー(カラッハ)が肋材を三本折って帰ってきた。アラン三島にこの男ほど不運をもってくる者はおらんぞ。」

「あんたがこれ以上しゃべるなら、悪魔がその口をふさいでくれますように」、と男は言い返した。

僕たちは舟を出した。この舟は四人漕ぎだが、僕は船尾ではなく最後尾の漕ぎ座に座ることになった。今日は四人目の漕ぎ手が、ほかの漕ぎ手たちと直角の向きになるよう船尾に陣取り、船尾の舷縁についている櫂栓を支柱にして、櫂で舵を取るからである。

百ヤードほど進んだところで、船首に小さな帆が揚がった。すると、舟足はぐんと速くなった。雨は上がり風も止んだが、燦爛と光り輝く大波が舟の進路と直角に次から次へと寄せてきた。

舵手がぐいっと櫂を一漕ぎすると、舟の向きが急転してくらっとさせられる。その瞬間ごとに船首がふわっと持ち上がり、持ち上がったかとおもう間もなく次の波が来る手前の溝に吸い込まれ、水しぶきがどーんとあがる。そのはずみでこんどは船尾が跳ね上がるから、舵手は櫂を手放して両手で舷縁にしがみつく。舵手と僕は、海上を高々と飛んだ。

大波をひとつ越すと、舟の向きをもとへ戻して数ヤード漕ぐ。すると次の波が来るので、またおなじ一連の操作をくりかえすことになる。こうやって瀬戸まで漕ぎ出していくと、こんどは別種の波と遭遇する。離れたところからでも、周囲の波を抑えてひときわ高くそびえ立って見える、巨大な波である。

こういう巨大波が見えたら、まず最初にしなければならないのは、その波の力が及ばないところまで漕ぎ逃げることである。舵手がゲール語で「シュール、シュール」（「行け、行け」）と大声をあげはじめ、巨大な海水の塊が舟めがけてすごい速さで押し寄せてきたような時には、その声のピッチがあがって悲鳴に変わることさえあった。やがて、漕ぎ手たちも舵手の掛け声に唱和し、島カヌー（カラッハ）は恐怖のために半狂乱になった獣みたいに跳ね飛び、揺れ動き、その興奮状態は、巨大波が通り過ぎるか、船尾のそばで轟きをあげて砕け散るまで続いた。

最悪の危険は、大波とのこうした競争のなかにひそんでいた。大波を避けることができればそれに越したことはないのだが、波を避けようとしている最中に波に捕らえられたばあい、しかも横から舷側を摑まれたばあいには、一巻の終わりとなるだろうことは目に見えていた。舵手が自分に課せられた責任のために気負い立ち、武者震いしているのが、僕にははっきりわかった。彼が判断ミスを犯せば、僕たちみなが水底行きになりかねなかったからだ。

僕たちは一度、間一髪で破滅の危機を逃れた。巨大波がひとつあらわれたので、そいつと向かい合って、いつものように神経をはりつめた奮闘がおこなわれた。ところが奮闘むなしく、一瞬のうちにその巨大波は僕たちの上に自分じしんを浴びせかけてきた。舵手は猛り狂ったような叫び声をあげながら櫂を操って、船首を相手の真っ正面に向けようとした。その方向転換がほとんど完了した瞬間、轟音とともに水が僕たちに襲いかかった。僕は瘤玉をつくったロープの束で背中をぶんなぐられたような衝撃を感じた。両膝と両眼の周囲は海の泡で真っ白になった。島カヌー（カラッハ）は馬が後ろ足で立ちあがったような姿勢になり、動揺し、わなないた。そして、次の瞬間、なにごともなく波間の溝へ落ちていった。

これが僕たちの船路の最悪の瞬間だった。もっとも、複数の大波がたて続けに襲ってきたために、波と波の間に舟の態勢を整えることができず、危険な操作で乗り切ったことは一度ならずあったのだが、とにかく、僕たちの命は漕ぎ手たちのわざと勇気にかかっていた。それはちょうど、騎手や泳ぎ手の命がしばしば自分じしんの手にかかっているのと同じことだ。じっさい、奮闘しているときの興奮があまりに強烈だったので、恐怖にかられている暇などありはしなかった。

僕はこの航海を楽しんだ。乗組員が動いただけでたわみ、揺れてしまう、この帆布張りの浅い飼い葉桶みたいな舟に身を任せた僕は、汽船では決して知ることができなかった大波の光輝と威力を、自分の身体でじかに感じた。

四人漕ぎの島カヌー（カラッハ）

マーチーン老先生が今回も僕の話し相手になってくれることになった。僕は、老先生が話すアイルランド語を以前よりもよく理解できる。

今日、老先生は、島の真ん中に背骨のように隆起した丘の近くまで僕を連れて行き、ミツバチの巣に似たドーム型の石積み住居群(クロッハン)の廃墟を見せてくれた。見学した後、僕たちは秋の陽光としおれかけた花々の匂いがあふれる小さな野原の隅に寝そべり、老先生は話し終えるのに一時間以上かかる長い民話を僕に語ってくれた。

老先生は盲目なので、失礼にあたることを心配せずに顔をまじまじと見ることができた。そして、先生の顔の表情をしばらく見ているうちに話を聞くほうはおろそかになってしまい、陽を浴びて夢見心地で寝ころびながら、物語が語られている古式な決まり文句と、僕の身体の下にある先史時代の石組みが引き起こす連想とが混ざり合うままにさせておいた。この種の物語にはよくあるナンセンスな結末にたどりついたところで、老先生の顔をきらりと輝かせた子どもっぽい感情のたかぶりを見て、僕はふとわれにかえった。そして、先生がうきうきした調子で早口にまくしたてていることばに聞き耳をたてた。「連中は小道をみつけ、わたしは海をみつけたわけで。連中は溺れ、わたしはみつかったと。そいつが今晩わたしにゃどうでもよかったとしても、次の晩、連中にとっちゃどうでもよくはなかったわけでして。ですがね、もしそいつがそいつじしんではなかったならば、連中がなくしたのは虫歯の奥歯いっぽんだったわけなんで」、とかなんとかいうような無駄口だった。

僕たちが二人であるくときはいつも老先生の指示にしたがって小道を選びながら歩く。そして、先生の震える手足では乗り越えられない石垣に出くわしたときには、手を貸して引きあげてあげることにしているのだが、今日もそうやって先生を先導して宿まで帰る道々、案の定、老先生は島のひとたちが飽きもせず繰り返す話題へと僕をひきずりこんだ。僕の結婚観をめぐる話である。

先生は島でいちばん標高が高い地点までやってきたところで、大西洋の大きな広がりを背にしてふと立ち止まった。

「さあ若だんな、ちょいと耳打ちしてくだされ」と先生は口火を切った。「あんたさんは若い娘っ子たちのことを考えたりはなさらんのかね。わたしが若かった時分には、いやあまったくもう、娘っ子を見さえすればすぐ結婚したいとおもったもんですが。」

「いやあ、先生がそういうことを僕にたずねるってことが大いなる不思議なんですよね」、と僕は答えた。「あなたは僕のことをどんなやつだとおもってらっしゃるんですか。」

「そりゃもう、若だんな、わたしは、あんたさんはもうじき結婚なさるとおもってるわけ。よくお聞きなされ、結婚しない男なんてもんは年老いた雄ロバみたいなもので。女きょうだいや男きょうだいの家々を訪ねていって、こっちでちょいと食べて、あっちでちょいと食べるんですが、自分のねぐらってものはないわけで。岩畳の上をさまよい歩く年老いた雄ロバみたいなもんですから。」

僕はアランモアをあとに家路についた。定期汽船はいつもよりたくさん荷物を積み込んだので、キルローナンを出たのは午後四時を過ぎていた。

今度もまた、三つの低い岩だらけの島影が海の彼方へ沈んでいくのを見つめていると、不可解な嘆きの気分がこみあげてきた。よく晴れた夕暮れで、汽船がゴールウェイ湾内へ進み出ていくと、イニシュマーンの断崖の背後に太陽がまるで後光のように輝いていた。少しすると、燃え立つような色が空にあらわれ、真っ青な海とコネマラの山並みにその深紅の光をなげかけた。日没後はぐっと冷え込んできた。海を横切って突き進むこの汽船のほかに、船影はなかった。僕は船内をぶらぶら歩いた。船客は僕ひとりきりで、操舵手の若者以外の乗組員たちはみな、暖を求めてエンジン室に群がっていた。

三時間経過したが、動く者は誰もいなかった。船足ののろさと周囲の冷え切った海が歌う哀歌がほとんど耐え難くなってきた頃、ゴールウェイの町の灯が見えてきた。船がゆっくりと桟橋めざして進んでゆくと、ようやく乗組員たちがすがたを見せはじめた。

上陸はしたものの、鉄道の駅まで荷物を運んでくれるひとを探すのが一苦労だった。暗がりのなかでひとり男をみつけて荷物を担がせたところまではよかったが、この男は酔っぱらっていることが判明した。荷物を背負ったまま波止場から海へ転げ落ちないよう気を遣わなければならず、僕はやきもきのしどおしだった。近道をして町まで連れて行ってくれると言ったのに、廃屋と廃船だらけの荒廃地の真ん中で、この男は僕の荷物を地面に投げ出して、その上に腰を下ろしてしまった。

「だんなさんよ、彼女はちいと重すぎますぜ」と男は言った。「なかみはきっと金でごぜえましょう。」

「そんな値打ちのあるもんは入ってないのさ、なかみは本ばっかりだ」と、僕はゲール語で答えた。

「そりゃあ、シュ・モール・アン・トゥルア・エー」(「たいした残念なことで」)と男は言った。「もしなかみが金だったら、今晩わしらはいっしょにゴールウェイの町で、どえれえ飲み騒ぎができたのにねえ。」

三十分ほどして、ようやくふたたびこの男に荷物を担がせることができた。そして、僕たちは町へ入っていった。

その晩遅く、僕はマイケルに行き会えないかと思って桟橋のほうまで行ってみた。彼が下宿している家のある狭い路地へ曲がったとき、ふと暗がりのなかを誰かがつけてくるように感じた。

彼の家の所番地を確認しようと思って立ち止まると、すぐ近くでイニシュマーンなまりの「フォールチャ」(「やあ、いらっしゃい」)という声がした。

マイケルだった。

「通りを歩いていたときあんたさんがいるってわかったんだけど、ひとがいっぱいいるなかで声をかけるのは恥ずかしかったから、あんたさんの後をつけて、それでもってオレのことまだ覚えてるかどうか確かめようとおもって」、とマイケルは言った。

僕たちはもときた道をひきかえし、マイケルが下宿へ帰らなければならない時間まで、町の通りを一緒に歩きまわった。彼のなつかしい純朴さと鋭敏さはまったく変わっていなかったけれど、ここでやっている仕事が合わず、満足していないようだった。

翌日ダブリンでパーネル追悼記念祭がおこなわれるとあって、この晩のゴールウェイは、夜中の十二時発のダブリン行き列車に乗ろうとする遊覧客で混雑していた。マイケルと別れた後、僕は町のホテルで時間をつぶしてから駅のほうへぶらぶら歩いていった。

すでにダブリン行きが入線しているプラットホームは、さまざまな酔態をみせる大群衆でごったがえしていた。この光景は、西部地方人(コナハト)の内にひそむ半ば野蛮な気質を端的に示す、またとない実例であった。ローマやパリでけたはずれな群衆に交じったときでさえ、今、目の前のとるにたらぬひとびとの群れがくりひろげている興奮状態ほど、強烈な緊迫感を感じたことはない。

「だんなさんよ，彼女はちいと重すぎますぜ」と男は言った。
「なかみはきっと金でごぜえましょう。」

プラットホームにはアラン三島から来ているひとびとも何人かいたので、僕は彼らと一緒に三等客車へ乗り込んだ。グループのなかのひとりの女性が姪を連れてきていて、西部地方(コナハト)に住むその若い娘に僕の隣りの席があてがわれた。コンパートメントの向かい側にはアイルランド語で語りあっている老人たちと、水夫あがりの若者がひとり座った。

汽車が動き出すと、プラットホームから大きな歓声やら叫び声やらがあがった。車内も大騒ぎになった。男も女も甲高い声をあげて歌を歌いながら、ステッキでコンパートメントの仕切りを叩いて拍子をとる始末である。何カ所かの駅では、汽車が止まるやいなやひとびとが駅舎のバーへ酒を買いに突進したので、車内の興奮は先へ進むにつれていっそう昂進した。

バリナスロー駅では数人の兵士たちがプラットホームに立って、車内に空き席がないか探していた。僕たちのコンパートメントの元水夫が、こともあろうにこの連中のなかのひとりの兵士と口論をはじめてしまい、扉がばたんと開いたとおもったら、ステッキを持った千鳥足の制服連中が僕たちのコンパートメントになだれこんできた。一騒動のあと和解が成立したが、兵士たちが出て行こうとしている間に、こんどは彼らの仲間の女たちがむきだしの頭やら腕やらを扉の内側へ突き出して、呪いのことばや罰あたりなことばをものすごい剣幕で、こちらへ浴びせかけた。

汽車はその直後に動き出したが、半狂乱になった女たちはホームで悲嘆の叫びをまき散らしはじめた。僕は窓の外に、いままで見たなかでもっとも激しく取り乱した人間たちの顔とすがたをかいま見た。金切り声をあげ、泣き叫び、腕をむきだして振り回す女たちが、ランタンの灯に浮かび上がっていた。

　夜が更けるにつれて、隣りの客車では娘たちが大声をあげはじめた。汽車が駅で止まっているときには、どこかから卑猥な歌の文句も聞こえてきた。

　僕たちのコンパートメントでは例の水夫がひとりでしゃべりつづけているので、誰も眠ることができない。ときおりユーモアと野蛮なところをのぞかせながら、つねに激しい気質を内に秘めた見事になめらかな話しぶりで、この男は一晩中しゃべりつづけた。

　片隅に座った老人たちは、みな先祖伝来の一張羅とおぼしき黒外套に身を包み、自分たちだけで一晩中アイルランド語で話し込んでいた。僕の隣りに席をあてがわれた娘はこの頃になるとさすがに恥じらいも忘れたようで、ダブリンへ近づくにつれて明け方の空の下に見えてきた地形の特徴を僕が指さしてみせると、興味ありげに応じるようになった。娘が喜んで見ていたのは、木々の影——西部地方（コナハト）では樹木がまれなので——と朝の光を映しはじめた運河の水面である。僕が目新しい物影を指さしてみせるたび、娘はナイーブに興奮して声を上げた——

「まあ、すてき、でもよく見えないわ。」

　隣りの席の娘のこんなようすと、僕たちの背中の仕切りを揺るがしている野蛮な連中の気配が、奇妙な対照をなしていた。不思議な激しさと慎みが入り交じったアイルランド西部の精神全体が、東部出身の偉大な政治家、故チャールズ・スチュワート・パーネルに最後の敬意を表するため、この汽車のなかにぎっしり乗り込んでいるようにおもわれた。

第三部

僕がパリへ行っている留守中に、マイケルから手紙が届いていた。英語の手紙である。

わが親愛なる友人へ、――このまえ手紙をくださってから後、ご健康のこととぞんじます。オレはあんたさんのことを何度も考えてますし、忘れてませんでしたし、これからも忘れませんでしょう。

三月はじめに二週間帰郷しましたが、流感にかかってひどいめにあいましたが、自分でよく自分の手当をしました。

今年のはじめからよい給金をかせいでいますが、きつい仕事でもないですが、残念ながらこれからは満足できないかもしれない。オレは製材所で、材木の代金を受け取ったり、それを勘定したりする仕事していいます。

家から手紙や知らせが一週間に二、三回届きまして、みな健康で、ちなみにひと言申し添えるならば、島のあんたさんの友人もみな健康です。

ダブリンでオレの友人のだれかとお会いになりましたか。××氏とか、そのほかの紳士淑女のみなさまのだれかと会ったでしょうか。

オレはもうじきアメリカへ行って自分をためしてみようかと思いますが、来年までは無理かな、もし生きてるとしても。

オレはあんたさんとまた、おたがいよき愉快なる健康にて会いたいものです。

はやくも結論のときになりましてさようなら、とはいえ永遠の別れでなく、はやくご返事ください。――オレはあんたさんの友人でゴールウェイにおります。

親愛なる友人はやくご返事ください。

もう一通手紙が届いたが、こちらはもうすこし整った文章で書かれていた。

わが親愛なる友人S殿、――オレはもうずいぶん長いことあんたさんに短い手紙を書く時間をみつけようとしてきました。

あんたさんがこのまえ手紙をくださって以来、よき愉快なる健康にまだ十分気をつけておられることと拝察いたします。

そろそろまた島へおいでになり、あんたさんの母国語をお習いになる時でしょう。二週間前、おおきなゲール語文化祭（フェシュ）がイニシュマーンでおこなわれ、イニシーアからたくさんのひとびとが参加しましたが、アランモアからはあまりたくさん来ませんでした。

オレのふたりのいとこたちがこの家に三週間かもっと泊まっていきましたが、今は帰りましたから、あんたさんがおいでになるつもりなら部屋はありますから、まえもってお手紙お書きになればみんなでできるだけ準備できます。

オレは帰郷して二ヶ月になりますのは、オレが働いていた製材所が火事で燃えてしまったからです。その後ダブリンにいましたがあの町ではオレの健康は得られませんでした。——わが友（ミシャ・ラ）へ、大いなる敬意をこめて（モール・ヴァス・オルト・ア・ハラ）。


この手紙を受け取ってすぐ、僕はマイケルに返事を書いて、島を再訪するつもりだと伝えた。今回は定期汽船の直行便がイニシュマーンへ行く日を選んだ。舟揚げ斜路（ボートスリップ）の沖に二列縦隊で待ちかまえている島カヌー（カラッハ）の群れの中央へ汽船が進んでいったとき、僕は、ふたたび島の服装に戻ったマイケルが、漕ぎ手たちに混じっているのに気がついた。

彼のほうはすこしも気がついたそぶりを見せなかったが、舟が汽船に横付けされるやいなや、するすると甲板までよじ登って、僕がいるブリッジまでまっすぐにやってきた。

　そして、彼は「ヴィル・トゥー・ゴ・マイ」（「元気ですか」）と声をかけてきた。「あんたさんの鞄はどこです。」

　彼の舟は汽船の船尾近くのあまりよくない位置に横付けされていたので、僕はロープで身体を吊り下げてもらい、汽船の船腹にバタンバタンぶつかってぐらぐら揺れている島カヌー（カラッハ）に積み込まれた、小麦の袋や自分の荷物めがけて、かなり高いところから降下したのだった。

　汽船から島カヌー（カラッハ）が離れたところで、僕はようやくマイケルに手紙が届いたかどうか尋ねた。

「いや、まだ影も形も。たぶん来週の便で届くさあ」、と彼は答えた。

　冬の間に舟揚げ斜路（ボートスリップ）の一部分が波にえぐりとられてしまったので、戻ってくるほかの舟とゆずりあって順番に、斜路の左側の岩場から上陸しなければならなかった。

　陸へあがるやいなや、男たちが歓迎の意を表するために僕のまわりに集まってきた。そして、かわるがわる握手をもとめながら、冬には遠くまで旅をなさいましたかな、とか、たくさんの不思議をご覧になりましたかな、とか尋ねた後で、いつものように、いま世界では戦争はおこっておりますか、と尋ねたのだった。

　男たちがゲール語で祝福してくれることばを耳にしながら、僕をこのひとたちの真ん中に置き去りにして定期汽船が去っていくのを眺めていたら、ぞくぞくするような喜びがこみあげてきた。

空は澄み切った晴天、海は石灰岩の向こうできらきら輝いていた。はるか彼方に目をやると、アランモアの断崖とコネマラの山並みのあたりに薄く霞みがかかっていて、まだ夏が続いているような錯覚を覚えた。

幼い少年を先にやって、おかみさんに僕が着いたことを知らせる手はずを整えておいて、僕たちはゆっくりおしゃべりしながら荷物を運んでいくことにした。

僕が報告すべきことをひととおり話しおえると、こんどは彼らが僕の留守中のできごとを語りはじめた。よそ者がたくさん、四人か五人、夏に島へやってきたなかにフランス人の神父様もおりまして、とか、じゃがいもは不作だったです、とか、ライ麦は幸先がよかったのに雨なしのお天気が一週間続いたらオート麦に変わってしまって、とかいう話である。

「わたしらのことをよくご存じなかったら、ライ麦がオート麦になったなんてウソついてると思われたかもわからんけど、決してウソではありません。あんたさんの膝くらいの高さまではまっすぐすくすく育ったですが、そいつがみんなオート麦に変わってしまったわけで。ウィックロウ州ではそういうの見たことありませんですか」、と男たちのひとりが言った。

宿を借りる家のようすはあいかわらずだったが、マイケルが帰ってきているので、おかみさんもほっとしているらしく、以前のような機嫌の良さが戻っていた。自分用の腰掛けに腰を下ろして、泥炭のかけらでパイプに火を点けたとき、僕はたまらなくうれしくなって、やあ、また帰ってきたぞ、と大声で叫びたくなった。

今年は、マイケルは昼間のあいだずっと忙しくしている。だが、今はちょうど中秋の満月が出ているので、ふたりで島をあちこち歩きまわって、夜の時間の大半を過ごした。ゴールウェイ湾の海を見渡したら、金色と黒の不思議な形をした雲の影が映っていた。今夜、村のなかを通って帰宅する途中、小さな家が並んでいるなかの一軒から、どんちゃん騒ぎの音が漏れ聞こえてきた。マイケルは、この季節には若者と娘たちがあんなふうに集まって楽しむわけ、と教えてくれた。僕も仲間に入ってみたかったけれど、彼らの楽しみに水を差すことになっては悪いなと思って、やめておいた。あとからそのあたりをもう一度通りかかったとき、道の両側にまき散らされたように立ち並んだ家々が、フランスやバイエルンを旅行中に行き暮れて通過した村々を思い起こさせた。家々は、真っ青な夜の静寂のなかに大切に匿われているようにみえて、ふたたび目覚めることがあろうとは信じられないくらいだった。

その後、僕たちは城砦(ドゥーン)へ登った。マイケルはほんの目と鼻の先に住んでいるのに、日没後にここへ登ったのははじめてだそうだ。満月の下、この場所は思いもかけなかった崇高さをたたえて、まるで先史時代の石の王冠のように島のてっぺんに君臨していた。僕たちは城壁の上をぶらぶら歩いて、薄黄色の藁葺き屋根の群れを見下ろした。その向こうにはだだっ広い岩畳が月光を照り返し、さらに彼方には湾の海が静まりかえっていた。マイケルは身の回りの自然の美しさに気づいてはいるのだが、決してそれをはっきり口にすることはない。僕たちが夜歩きするときには、星々や月の運行についてゲール語で長談義するのがおきまりの話題である。

島人たちは自然現象と超自然現象とを区別していない。

今日は日曜である。日曜にはたいてい島人たちのおもしろい話が聞けるのだが、おりよく雨も降っていたので、午後、学校の先生の家の食堂兼居間（キッチン）へでかけた。ここには、島の年寄りたちがよく集まってくる。僕は彼らの漁法や農作業の方法にうといから、話しているうちについ彼らがついてこられない話題へとそれてしまいがちだ。おまけに、僕が持ってきた写真の目新しさもすでに効き目がなくなっていたので、僕がやってきたからにはなにかあるはずだ、という彼らの期待に応えられる出し物に事欠くようになってしまった。そこで、今日は、簡単な体操の技と手品のトリックをいくつか披露してみたところ、これが大受けだった。

見終わった後、ひとりの老女が、「さあ、言っておくれよ、あんたさんはその妙技をぜんぶどっかの山奥に住む魔女たちから伝授されたんじゃないのかねえ」、と言った。

僕は手品のひとつとして、年寄りに切ってもらったひもを元通りつないで見せるという芸をやったのだが、これが完璧に成功した。あまりにうまくいったので、ひとりの男がそのひもを持って部屋の隅へ行き、つないだと思われる箇所を両手にひもが食い込んで赤くなるくらい引っ張って、確かめたほどだった。

男はそのひもを僕のところへ返しに来て、こう言った。

「こいつはすごい。これほどの不思議はいまだかつて見たことがありません。あんたさんがつないだとこはちいとばかり細くなってるけども、最初とおなじ強さを保ってますなあ。」

比較的若いひとたちのなかに二、三人疑っているような顔も見えたけれど、ライ麦がオート麦に変容したのを見た年寄りの面々は、僕の魔術を率直に受け入れた。「紳士殿（ディニャ・ウアサル）」が魔女のような技を持っていても何も不思議なことはないと考えたのである。法という新しい概念が流布していない場所では奇跡はざらに起こるのだということが、島人たちとつきあってみてよくわかった。これらの島々だけでも、神意を確かなものとする奇跡は毎年ふんだんに起きている。ライ麦がオート麦に変容し、強制立ち退きを迫る役人たちの上陸を阻むために嵐が巻き起こり、岩場に孤立した雌牛から仔牛が生まれるといったたぐいのことが、ふつうに起こるのだ。

不思議とは、雷雨や虹同様、めったにないとはいえ起こることが期待されているできごとであって、ただその頻度がやや少なく、驚嘆すべき度合いがやや大きいだけのことなのである。散歩中に島人と出会って会話がはじまるようなとき、僕が近頃ダブリンから新聞が届いたんだけど、と言うと、しばしば彼らはこんなふうに尋ねる――
「それで、このごろ、世界ではなにか大いなる不思議が起こっておりますか」、と。

身体の柔らかさをみせる芸当を披露した後で驚いたのは、もっとも若くて身軽な島人でさえ、この島では誰一人として、僕がやってみせた技ができなかったということである。彼らに技を教え込もうとして手や足をひっぱってみてわかったのだが、島人たちの身のこなしがいつも自然で美しくみえるので、僕は彼らのことを実際より軽々としているように思いこんでいたらしい。島の断崖と大西洋の間に島カヌー（カラッハ）を浮かべているときの彼らはしなやかでちっぽけに見えるけれど、服を着て普通の部屋にいるのを見ると、彼らの多くはがっしりと力強い体格をしている。

だが、やがて、島いちばんのダンス名人が立ちあがり、床にうつぶせになった状態から身体を水平にしたまま高く跳ね上がってみせる鮭の跳躍（サーモンリープ）や、そのほかの妙技をおどろくべき敏捷さで披露してくれた。しかし、彼はもう若くないので、みんなが頼んでもダンスは見せてくれなかった。

夜、僕はこの家の食堂兼居間（キッチン）で手品をもう一度やってみせなければならなくなった。昼間やってみせた評判が島中に広まったからである。

僕の手品は、この島でこれから何世代にもわたって語り継がれていくに違いない。ここのひとびとには話の種になるようなイメージが乏しいから、島を訪れたよそ者に何かしら注目に値するところがあれば、後々それを会話のなかで活用していくのだ。

たとえば過去数年間、いい指輪をした人間がいれば、島人たちはきまって、「あのひとは××夫人がしてたみたいなきれいな指輪をしてるよ」と評する。この××夫人とは、あるとき島を訪れた人物のことである。

僕は暗くなるまでずっと桟橋に腰掛けていた。そして、ようやくイニシュマーンの夜というものがわかりかけてきた。また、この島の夜が、仕事の大半を日没後におこなう島人たちに独特の個性をあたえているということも、わかりかけてきた。

耳に聞こえてくるものといえば、二、三羽のシギがほかの鳥たちに混じって、浜に打ち上げられた海藻の間で笛を吹くように、また、叫ぶように鳴いている声。それから、打ち寄せる波の低いざわめき。これだけであった。九月特有の暗くて蒸し暑い夜である。光るものといえば、海面の燐光と雲の切れ間にときおりのぞく星々のほかには、何もなかった。

孤独感ははかりしれないくらい大きかった。僕は自分の肉体を見ることもはっきり意識することもできなかった。僕というものは、波を、鳥たちの鳴き声を、そして、海藻の匂いを知覚することにおいてのみ、存在しているように思われた。

家へ帰ろうとして、僕は砂丘で道に迷った。ぬるぬるすべる海藻の山と湿った崩れやすい石垣の間をうろうろ歩きまわっているうちに、夜はしんしんと冷えてきて、言うに言われぬ陰鬱さが闇を覆った。

ふと、砂地で何かが動く音が聞こえたかとおもうと、僕のすぐわきに灰色のふたつの影があらわれた。夜釣り帰りの男たちであった。話しかけてみたら、答えた声で知っている男たちだとわかったので、いっしょに帰ることにした。


秋になると、男たちと少年たちの肩に掛かってくるたくさんの仕事のひとつに、ライ麦の脱穀作業がある。まず麦の束を裸岩のうえに集めてくる。そして、おたがいが支え合うように立て掛けた二つの石めがけて、ひと束ずつライ麦を叩きつけるのである。島の土地はとてもやせているので、とぼしい収穫の穀粒のほとんどは、来年植え付けるための種としてとっておかねばならない。ここではライ麦の栽培は食用としてではなく、屋根葺き用の麦わらを得るために続けられているのだ。

麦の束はロバの背に山と積み上げられて、脱穀作業をする場所に運ばれてくる。この時期には島のいたるところで、そびえたつ麦束の黄金色の小尖塔を背負い、馬勒なしの黒い頭を荷物の下からちょっぴりのぞかせているロバのすがたを、見ることができる。

脱穀作業がおこなわれている間じゅう、小さな男の子や女の子たちがあれやこれやと物を届けにやってくるので、岩畳のうえにはちょっとした人だかりができる。また、海へ舟を出そうとして通りかかったひとが一、二時間立ち話をしていったりもする。夏場のケルプ焼き同様、脱穀作業もにぎやかな社交の場なのである。

脱穀が終わると、麦わらを寄せ集めて家へ持って帰る。別棟の納屋へ入れておくばあいもあるが、食堂兼居間（キッチン）のなかに積んでおくことのほうが多い。わら束は室内に、新しく活気にあふれた色をもたらす。

二、三日まえ、この島でいちばん器量よしの子どもたちがいる家を訪問していたとき、十四歳くらいの長女が、扉のところに積んであったわら束の山のてっぺんに、ひょいと腰掛けた。すると、娘とわら山の一部分に当たったひとすじの太陽光線が、彼女の輪郭と赤い服とわら山を、漁網とオイルスキンの防水衣の背景からきわだたせ、繊細な調和と色調を持つ一枚の自然画を描きあげた。

僕が泊まっている家では、毎年おこなわれる屋根の葺き替えにちょうどとりかかっているところだった。まず、作業は縄を綯（な）うことからはじまった。縄綯いは家の脇の路地でやることもあるが、空模様が怪しいときには食堂兼居間（キッチン）でおこなわれる。ふたりの男が組になって座り、ひとりが重たい木片でわらを叩き、しなやかになったわらをもうひとりが縄に綯っていく。さらに、もうひとり少年か少女がついていて、特別にこしらえた曲がった棒を使って縄に縒（よ）りをかけていくのである。

雨降りの日、屋内で作業をしなければならないばあいには、縄に縒りをかける係の者は、縄が長くなっていくにつれてだんだん後ずさりして、扉の外へ出、路地を横切り、時によっては、ひとつかふたつ向こうの畑まで達してしまうことがある。わら葺き屋根を覆う網を目の詰んだものにするためには、縄をかなりの長さまで綯いあげておく必要がある。それゆえ、一本の縄はだいたい五十ヤードほどの長さに仕上げられる。村の半分の家々でこの作業がおこなわれているとき、道路は奇観を呈する。そして、道行く人は、両側の家々の扉の内側の暗がりから畑めがけて張り出していく、幾筋もの縒り縄がつくりだす迷路のなかを歩かされることになる。

巨大な玉にまとめあげられた縄が四つか五つできあがると、屋根葺き隊が編成され、ある日の朝、夜明け前に彼らはやってくる。そして、作業はきわめて手際よく進むので、たいていは一日で終了する。

島でおこなわれる共同作業はみなそうなのだが、屋根葺きも一種の祭りとみなされている。一軒の屋根にとりかかった瞬間から、作業は終始笑いとおしゃべりの渦のなかでおこなわれ、葺き替える家の主人は、作業員の雇い主ではなく、客たちのもてなし役とみなされる。したがって、彼はみんなに気持ちよく作業してもらえるよう、さまざまに気を遣うことになる。

僕が泊まっている家で屋根葺きがおこなわれた日には、僕の部屋の大テーブルが持ち出されて食堂兼居間（キッチン）に据えられ、二、三時間おきにお茶と食事（ハイティー）が供された。前の道を通りかかったひとびとはほとんどみな、ひとしきり食堂兼居間(キッチン)へ立ち寄っていくので、おしゃべりはとぎれる暇がない。一度、窓の内側から外をのぞいてみたら、切妻のてっぺんに陣取ったマイケルが、僕から仕入れたばかりの天文話をみんなに受け売りしている声が聞こえた。だが、たいていのばあい、ひとびとのおしゃべりの話題は島をめぐるあれこれである。

島人たちの知性と魅力の大部分は、ここには分業というものがないことと、それにともなって個人の能力が多方面に発達していることに由来するだろう。ひとびとの幅広い知識と技能は、精神の活発な働きを必要とするからである。ここではだれもが二言語を話す。それと同時に熟練した漁師であり、途方もない度胸と機敏さで島カヌー(カラッハ)をあつかうこともできる。もちろん畑仕事もできれば、ケルプ焼きもこなすし、島モカシン(バンプーティ)もこしらえれば、漁網だってつくろうし、家も建てれば、屋根も葺き、揺りかごから棺の製作までお手の物である。やるべき仕事は季節ごとに移り変わるから、年中同じ仕事をしている人間が経験する退屈というものを経験しないですむ。海の上で暮らすことにより、太古の狩人にひとしい油断のなさが身につくし、島カヌー(カラッハ)に乗り込んで一晩中夜釣りをすることによって、ふつうは芸術にかかわる者だけに特有だと考えられている情緒の豊かさがそなわってくるのだ。

マイケルは日中忙しいので、毎日午後、ひとりの少年に来てもらってアイルランド語を読んで

屋根葺き

もらうことにしている。年齢は十五歳くらいだがきわめて明敏で、ゲール語にたいしても、僕たちがいっしょに読む物語にたいしても、ほんものの共感を抱いている。

ある日の夕刻、少年は僕のために二時間も本を読み続けてくれたので、疲れたんじゃないかい、と尋ねたところ、彼はこう答えた。

「疲れたんじゃないかって。本を読んで疲れるってことはないさあ。」

数年前までは、この少年のような強い知的好奇心をいやすためには、年寄りのところへ話を聞きに行ったものだが、今ではダブリンから送られてくるアイルランド語の書物や新聞を読むのだ。

僕たちがいっしょに読む物語のほとんどは、英語とアイルランド語が対訳になっている。そして、少年はちょっとわかりにくい部分に出くわすと英語版のほうをちらちら見ている。だが、僕がそれを観察して、きみはアイルランド語よりも英語のほうがよくわかってるんじゃないの、と言おうものなら、彼は憤慨するのである。彼はおそらく英語よりもこの地域のアイルランド語のほうをよく知っているのだが、活字を読むとなると、彼が知らない地域特有の表現がひんぱんに出てくるアイルランド語よりも、英語のほうがよくわかるのだ。

二、三日前のこと、ダグラス・ハイドの『炉辺にて』におさめられた民話を読んでいたら、英訳の一部分が彼の注意をとらえた。

一瞬ためらった後、「この英語はまちがってる」と彼は言った。「『金製（ゴールデン）の椅子』と書かなくちゃいけないのに『金色の椅子(ゴールド)』となっている」。

でも、金時計(ゴールドウオッチ)とか金の留め針(ゴールドピン)という言い方もあるよ、と僕が言うと、「だからってどうなの。『金製の椅子(ゴールデン)』のほうがずうっといいよ」と少年は答えた。

彼の初歩的な教養がこんなふうに批判精神をめばえさせているのは興味深いが、批判の矛先は言語の形態だけでなく観念にもおよんでいる。

ある日のこと、ひもをつなぐ例の手品が話題になったときのことだ。

「ひもはつなげやしないね。そんなこと言ったってだめ」と彼は言った。「あんたさんがどんな方法をつかってオレたちの目をくらましたのかは知らんけど、あのひもはどうやったってつなげやしないさ、絶対に」。

別の日のこと、彼といっしょにいたとき、暖炉の火の勢いが弱くなってきたので、僕は新聞紙をかざして風の通り道をつくろうとしたのだが、うまくいかなかった。少年は何も言わなかったけれど、内心僕をばかにしていることは顔色を見ればわかった。

その翌日、少年は大いに興奮した様子で駆け込んできて、こう言った。

「オレも火に新聞をかざしてみたんだけど、よく燃えた。あんたさんがやったときちっともうまくいかなかったんで、だめだなっておもってたんだけど、先生の家の暖炉でためしに新聞をかざしてみたら、炎がふわっと上がった。それで、新聞紙の端を折り返したすきまから頭をつっこんでみたんだ。そしたら、信じてよ、オレの頭をひきちぎりそうな勢いで、冷たい風が煙突に向かって吹き上げていたのさあ。」

少年にはこの島の手織り服(ホームスパン)のほうがはるかに似合うのに、彼はゴールウェイの町で買った日曜のミサに出るときのよそゆきを着て写真を撮ってくれと言い張ったので、僕たちはあやうく口論をはじめてしまいそうになった。手織り服(ホームスパン)なんか着てると島の旧式な暮らしに縛られてるみたいだから嫌いなんだ、というのが少年の言い分であった。これだけ鋭い素質があれば、島の外の世界へ出て行っても十分やっていけるだろう。

少年はつねにものを考えているのである。

ある日、彼は、島の人たちの名前は外の世界では大いなる不思議になっているのかな、と僕に尋ねた。

僕は、いやあ、そんなことはないね、と答えた。すると彼は、

「ふうん、でも、あんたさんの名前は島では大いなる不思議だよね。だから、オレたちの名前もきっと外では珍しがられるのかな、とおもったわけ」と言った。

ある意味では、彼の言ったことは正しかった。島のひとびとの名前じたいはいたってありふれているのだが、名前が通用するしかたが、近代的な名字の慣習とはずいぶん異なっているからである。

生まれた子どもが島内を自由に歩き回れるくらいに成長すると、近所のひとびとはその子を洗礼名で呼び、後ろに子どもの父親の洗礼名をつける。さらに、この呼び方ではまぎらわしいばあいには、父親の名前に形容語（エピセット）をつける。たとえば、父のニックネームとか、祖父の名前とかを付け足して呼ぶのである。

ときには、父の名前だけでは区別しにくいことがある。そういうばあいには、子どもの名前をほかの子たちと区別するために、母親の洗礼名が形容語（エピセット）として添えられる。

たとえば、この家の近所に住んでいるひとりの老女は「ペギーン」と呼ばれているが、その息子たちは、「パッチ・フェギーン」、「ショーン・フェギーン」などと呼ばれるというわけだ。

ときにはアイルランド語形の名字が使われることもあるが、島人どうしが話しているときに、接頭語の「マック」（「誰だれの息子」という意味）が使われているのは聞いたことがない。彼らは「マック」のついた名字は近代的すぎると思っているのかもしれないが、もしかすると、彼らがそういういいまわしを使っているのに僕が気づかないだけなのかもしれない。

あるいは、髪の色が名前になっているひともいる。たとえば、ショーン・ルア（赤毛のジョン）とか、その子どもならマーチーン・ショーン・ルアとかいう呼び名がその例である。

そうかとおもえば、「アン・チャスカラ」（漁師）と呼ばれている男がおり、その子どもは「モーラ・アニャスカラ」（漁師の娘メアリー）と呼ばれている。

島の学校の先生が僕に語ったところによれば、毎朝教室で出席をとるとき、出席簿の名前を読み上げるたびに、いちいち子どもたちが通り名をささやき交わし、自分のことだとわかった子どもが返事をするのだそうである。たとえば、先生が「パトリック・オフラハティ君」と読み上げると、子どもたちは、パッツィ・ショーン・デャルグだよ、とかなんとかささやき、該当する少年が返事をするというわけだ。

島へやってくるひとびとも、おおむね同じような呼ばれかたをする。最近三島を訪れたフランス人のゲール語研究者はつねに「アン・サガーチ・ルア」(赤毛の神父)、または「アン・サガーチ・フランカッハ」(フランス人の神父)と呼ばれ、決して本名で呼ばれることはなかった。

もし島人の名前がそれじたいでほかの人間と区別するのに十分なばあいには、その名で呼ばれる。僕の知っているひとりの男はただエーモンとだけ呼ばれている。島にはエドモンドという名前の人間がほかにもいるのかもしれないが、もしそうだとしたら、それぞれが各々のニックネームか形容語(エピセット)を持っているのだろう。

アラン島と似通ったやりかたで名前が通用している、たとえば現代ギリシアのような国のばあいだと、ひとりの人物をほかのひとから区別するときには職業の名を使うのが一般的である。だが、ここでは全員が同じ仕事をしているので、そういう区別のしかたではうまくいかないのである。

今日の夕方、遅い時刻に、ふたりの老女を乗せた三人漕ぎの島カヌー（カラッハ）がひどく横揺れしながら舟揚げ斜路（ボートスリップ）に接岸するところを目撃した。イニシーアから来た舟で、波打ち際まで数ヤードのところまでは速いペースで漕いできたのだが、そこでくるりと向きを変え、船首を海へ向けて待機しはじめた。次から次へと寄せてくる波が舟の下を通って、嵐で破壊された斜路の残骸に当たって砕ける。五分たち、十分がたった。しかしまだ、漕ぎ手たちは舟をあやつりつつ、肩越しに沖を見やりながら待ち続けた。

見ていた僕は、このぶんではここで上陸するのはあきらめて風下[illegible]まで漕ぎまわっていくのかなと思い始めた。すると突然、島カヌー（カラッハ）が生き物に変貌したように見えた。船首がふたたび斜路へ向けられ、水しぶきのなかを跳ねるように突進してきた。接岸する直前に船首にいた漕ぎ手がひらりと向きをかえたかとおもうや、抜き身の剣のような白いすねをひるがえして船首から飛び降り、次の波が寄せてくるまえに舟をひきずり上げて、危険を回避した。

あらかじめ練習したわけでもないのに漕ぎ手たちが一致協力してみせたこのとっさの行動は、彼らが海の波による教育を受けているのだということを、如実に示している。舟が安全に着岸したところで、ふたりの老女は息子たちに背負われ、寄せ波とすべりやすい海藻の間を抜けて、陸へ上がっていった。

この変わりやすい天候のもとでは、島カヌー（カラッハ）を出せば必ず危険がともなってくる。ところが、事故が起きるのはまれなことで、しかもほとんどつねに原因は飲酒であるようだ。去年僕がここを訪れてからの間に、四人の溺死者が出た。みな、アランモアからの帰途の事故である。最初のはイニシーアの舟で、ふたりの泥酔者が乗って岸を離れたが、翌日の夕方にこの島に流れ着いた。舟には浸水も損傷もなく、帆が半分揚がったままの状態だったが、乗っていたはずの人影はなかった。

もっと最近の事故はこの島の舟が起こしたもので、三人のひどく酒に酔った男たちが乗ってアランモアから帰ってくる途中で転覆したのである。汽船がたまたま近くを航行していたので、二人は救助されたが、三人目は救助できなかった。

今、ドニゴールの海岸にひとりの水死体が揚がっている。片足に島モカシン（パンプーティ）を履き、縞模様のシャツを着て、ポケットには財布とタバコの小箱が入っていたという。

この三日間、島人たちはこの水死者の身元を確認しようと努力している。この島の人間だと考える者たちもいるが、イニシーアから出た行方不明者のほうが水死体の特徴とよく一致すると考えている者たちもいる。今夜、僕たちが舟揚げ斜路（ボートスリップ）から戻ってこようとしたとき、溺れて行方不明になっているこの島の男の母親に出会った。彼女はいまなお泣きながら沖を見つめていた。そして、イニシーアからやってきた一行を呼び止めると、あっちの島ではどんなふうに見ておられますか、と怯えたようなささやき声で尋ねていた。

今晩遅く、僕はある家を訪ねていたのだが、そこへ水死者の姉が子どもを連れて、雨の中をやってきた。そして、いろいろ聞こえてきた風聞について長い談義がはじまった。彼女は、自分の弟がどんな服を着て出たか、財布やタバコの小箱がどんな品で、どこで買ったものだったかについて、また、どんな靴下を履いていたかなど、思い出せることをすべてつなぎあわせていった。そしてついに、みつかった死体は弟にほぼ間違いないようだという結論に達した。

「そうだわ」と彼女は言った。「マイクに間違いない。神様、どうか、あっちのひとびとが弟のためにちゃんとしたお弔いをしてくださいますように」。

そして、彼女はひとりでゆっくりとした調子の哀悼歌（キーン）を歌いはじめた。雨に濡れた髪を頭にべったりと貼りつかせ、扉の脇で乳児に乳を与えている彼女のすがたは、島の女たちの人生を典型的にあらわしているように見えた。

しばらくの間、ひとびとはじっと黙って座っていた。耳に聞こえてくるのは、子どもが乳を吸う音と、地面に降りつける雨音、そして、部屋の片隅にかたまって眠る四頭の豚の寝息だけであった。やがて、男たちのなかのひとりがイニシーアに送られた何艘かの新造船の話をはじめると、一座の会話は、ふだん交わされる話題の循環へと、ふたたび戻っていった。

ひとりの人間の死は、近い親戚以外にとってはそれほどたいしたことのない災難であるとみなされているようだ。いざ事故となれば、父親が長男次男ともども犠牲になるとか、一家の働き手たちがごっそり逝ってしまうなどということも、しばしばなのである。

二、三年前のこと、ある家の三人の男たちがアランモアへ行った。今も島で使用されている小型の樽に似た木製容器をつくっていたひとびとである。この三人がアランモアからの帰途、溺死してしまった。そのため、これらの小樽をこしらえる技術はほかの二島ではまだ廃絶していないようだが、すくなくともイニシュマーンでは三人の死とともに途絶えてしまった。

このまえの冬に起きたもうひとつの災難は、聖日（ホーリーディ）にはきちんと仕事を休むということにたいして、奇妙な熱意をかきたてることになった。島ではそもそも聖日（ホーリーディ）の夕方に漁に出る習慣はないようだが、去年の十二月のある晩、翌朝早く漁を始めたいとおもった漁師の一団が、船内で仮眠するつもりで、一本マスト船（フッカー）の船団を組んで出かけてしまった。

夜明け近くになってものすごい嵐がわきおこり、何艘かの船は乗組員もろとも錨を下ろした地点から流された末に難破した。波がとても高かったので救助の手段もなく、漁師たちはみな溺死したという。

「そういうわけだから」、とこの話をしてくれた男は言った。「聖日（ホーリーディ）に漁に出ようなんぞと考える者はこの先当分出てくるまいね、とおもっているわけ。この冬、港の中まで荒らしていったのはあの嵐だけだったからね。あれはただの嵐じゃあなかったとにらんでますわ」、と。

今日、舟揚げ斜路（ボートスリップ）まで下りていったら、キルローナンから豚の仲買人が来ていて、イギリス向けに豚を二十頭ほど搬出しようとしているところだった。

汽船が近づいてくると、豚の群れは斜路まで追い立てられていき、島カヌー（カラッハ）も何艘か水面近くまで下ろされた。そして、一頭ずつ捕らえて横倒しにして、四本の脚をひとからげに結び、あまった縄の端をつかんで運べるように準備していた。

こんなふうに扱われても豚たちの痛みはおそらくたいしたことはないのだけれど、みな目を閉じてほとんど人間の叫び声に近い抑揚で泣きわめいていた。やがて、豚たちの悲鳴があまりに人間くさいので、見ていたひとびとが興奮してとりみだしはじめ、他方、順番を待つ豚たちは口から泡を吹いておたがいにかみ合う始末だった。

しばらくして、騒ぎは一段落した。舟揚げ斜路（ボートスリップ）はすすり泣くような声をあげる豚たちでいっぱいになっており、あちらこちらに動転した女たちがしゃがみこんで、お気に入りの豚を軽く叩いてなだめたりしている。その脇で島カヌー（カラッハ）が海面へ押し出されていった。

豚たちが舟に積み込まれはじめると、ふたたび阿鼻叫喚がはじまった。あばれて舟の帆布を蹴破らないように、豚の足先にはチョッキがまきつけてある。豚たちは自分がどこへ行くのかわかっているようで、舷縁ごしに上目遣いでこちらを見る目つきは獣なりに切なげで、こんなに哀れっぽく泣くものの肉を自分もこれまで食べてきたかとおもうと、おもわず身震いがきた。最後の島カヌー（カラッハ）が出て行った後、僕は、女たちや子どもたち、そして、座りこんで海の彼方を見やっている一頭の年老いた種付け用の雄豚とともに、舟揚げ斜路（ボートスリップ）に残された。

女たちは過度に興奮していた。僕が話しかけようとしたら、彼女たちは僕のまわりをぐるりととりまいて、僕が結婚していないことを理由にからかったり、甲高い声で笑ったりしはじめた。大勢がいっぺんに金切り声で僕になにか訴えているのだが、早口なのでなにを言われているのかまるでわからなかった。けれども、夫たちが出払っているのをいいことに、ここに集まった島のおかみさんたちが僕に最大限の侮辱をぶつけているらしいことだけはわかった。聞き耳をたてていた少年たちは海藻のなかをころげまわって大笑いし、娘たちは気恥ずかしさで真っ赤になって、うつむいたまま波打ち際を見つめていた。

すこしの間、僕はさすがに困惑した。女たちに話しかけようとしてもぜんぜん聞いてもらえなかったので、舟揚げ斜路（ボートスリップ）に腰を下ろして、写真を入れた紙はさみを取り出した。するとまもなく、彼女たちはふだんと変わらぬようすで僕の手元をのぞきこんだ。

島カヌー（カラッハ）の群れが汽船から帰ってきた。そのなかの一艘は大きなキッチン・テーブルを綱で引いていて、そのテーブルは波間でうまいことバランスを保っていたが、やがて見事に宙返りしてしまった。舟が着くと、行商人（キャニー）が来てるぞ、という知らせがすぐ島中に広まった。

その行商人は、陸に上がるやいなや舟揚げ斜路（ボートスリップ）のうえに品物を広げ、娘や子どもたちが喜びそうな安もののナイフや装身具のたぐいを大量に売りさばいた。この男はアイルランド語がぜんぜんしゃべれなかったのだが、そのことがかえって値段交渉を盛り上がらせるようで、彼をとりまいた人だかりは大いに沸いていた。

あたしは英語できないから、といつも言っている女たちがその気になればちゃんと英語で用を足せるのを目撃して、僕はいささか驚いた。

娘たちのひとりはゲール語の構文を使って、「ねえ店主さん、これらの指輪はあなたのところでとても高価だわ、それらの指輪にもうすこし少ないお金を載せなさいよ、そうすれば、娘たちはみんな買うわよ」、と話していた。

男は、装身具の次に安っぽい宗教画を陳列してみせた。見るもおぞましい油絵風石版画の聖画がぞろぞろ出てきたのだが、あまりたくさんの買い手はつかなかったようだ。

ここへやってくる行商人はたいていドイツ人かポーランド人だと聞いていたが、今日来た男と直接話す機会はついになかった。
二、三日滞在する予定で、僕は南のイニシーアへやってきている。例によって船路は順調ではなかった。
朝のうちはよい天気だった。初冬の雨の前にひときわ静かで冴えわたった日が何日か続くことがあるが、そんな一日になりそうだった。明け方の最初の光があらわれたときから空一面に真っ白な雲がたなびき、静寂が世界を完璧におおいつくしていたので、あらゆる物音がひとつ、またひとつと、湾の静けさの中を漂い去っていくようだった。村の上空には青い煙の柱が渦を巻いて何本も立ちのぼり、はるか遠い水平線のあたりには、重たい雨雲がいくつか滞留していた。僕たちは早めに出発した。海は遠目には凪いでいるように見えたけれど、いざ乗りだしてみると、南西からかなりのうねりが押し寄せてきているのがわかった。

瀬戸の真ん中あたりで、船首の漕ぎ手が櫂受けの軸を折ってしまったため、舟をちゃんと操縦するのが難しくなった。この舟は三人漕ぎの小型だから、波が高くなればかなり危険な目にあうのは目に見えていた。案の定、船足がのろくなったので、イニシーアに着くまえに風が強くなり、それにともなって雲が立ちあがってきて、ついに大粒の雨が降り出した。この灰色の世界をのろのろ進むまっ黒な島カヌー（カラッハ）と、さわさわいう雨降りの音のために、僕ははてしない気鬱へと誘い込まれ、世界にはさまざまな不思議と美があるというのに、僕たちがそれらを経験するために使うことのできる時間はなんと短いことだろう、としみじみ悟らされたのだった。

イニシーアへは、島の北西の美しい砂浜から上陸する。岩場にはさまれてこの砂浜があるおかげで、島人たちはみなとても助かっているのだが、濡れた砂が広がったところに新しい醜悪な漁師の家が何軒かたっているのを見ると、こんな天気の日にはとりわけみじめさが倍増するようだ。

僕たちが上陸したのはちょうど満潮が引きはじめた時だったので、島カヌー(カラッハ)は浜辺にひきあげておきさえすればよかった。僕たちはすぐ小さな宿屋へ向かった。宿屋の一室ではちょうど役人が地方税の取り立てをしているところで、あたりには男や若者たちがたくさん順番待ちをしていた。扉口でこの宿屋の経営者と立ち話をしていたら、彼らにじろじろ見られた。

みんなで一杯やった後、僕は漕ぎ手たちを見送るため、いっしょに海岸まで下りた。彼らは帰りを急いでいたのだ。櫂受けの軸をとりかえるのに少し時間がかかったが、彼らは強まりゆく風を押して、海へ乗りだしていった。その船出を見送りに、けっこうたくさんの漁師たちが下りてきていた。舟が見えなくなってしばらくしてから、僕はここの漁師たちにアイルランド語で話しかけてみた。イニシュマーンのひとびとのことばや気質と、この島のひとびとのそれとを比較してみたくてたまらなかったからである。

この島には、僕がこれまで出会ったアイルランド語話者のうちでもかなり明瞭な発音をするひとが何人かいるけれど、言語はまったく同じだとおもわれる。ところが、体つきや服装や全般的な気質となると、かなりの違いがあるようにおもう。こっちの島のひとびとは、隣り島のひとびとよりも進んでいて、家族単位でみると、裕福な家族、なんとかしようとがんばっているひとたち、貧乏なうえに金銭の扱いにしまりのない層、というかたちで階層化が進行しつつある。こうした差異はイニシュマーンにも存在するが、あちらでは完全な平等意識がまだ保持されているので、人間関係には影響をおよぼしていない。

しばらくすると汽船が視界に入ってきて、沖合で風上に向かって停船するのが見えた。島カヌー(カラッハ)が何艘か汽船めがけて漕ぎ出していく間、僕は浜に集まった群衆のなかに、ぼろぼろの身なりをした剽軽な男が何人か混じっているのに気がついた。かつてはアイルランドの本物の農夫を代表していると考えられていたタイプの男たちである。雨は本降りになってきた。たちこめた霧ごしに、その男たちのひとりが高笑いをしているのを見たら、ほとんど鬼気迫るものがあった。その男は極端に醜く、驚くべき頓知の才の持ち主だった。

やがて、この男はぼろ衣のすそで両眼をぬぐい、「ター・メー・マラヴ」(「おらあ死んじまっただあ」)とつぶやきながら家のほうへ帰っていった。しかし、誰かに呼び止められると、彼はふたたび野卑な語呂合わせや冗句を連発しはじめた。それらの冗談にはどれも一筋縄ではいかない意味がこめられていそうだった。

イニシュマーンにも、古風で趣きのあるユーモアや、ときにはいかにも野育ちなユーモアがあるが、この島にあるようななかば肉感的な恍惚感をともなう笑いは決してない。おそらく、ひとりの人間が世界を相手取ってあざけり、ばかにしてみせることができるためには、イニシュマーンでは知られていないほどに切迫した悲惨とねんごろにつきあわなければならないのだろう。禿げ上がってゆく額と、高いほお骨と、抑制がきかなそうな眼光に特徴があるこれらの奇妙な男たちは、ヨーロッパのどんづまりのちっぽけな島に住む、古いタイプのひとびとを代表しているように思う。ここでは、自分のなかにある孤独と絶望を表現するのに、野蛮な冗談と笑いしかないのである。

この島でバラッドを歌う歌い方には、独特の耳障りなかんじがある。今日、僕は東の村で興味深い男と出会い、岩場をぶらぶら海のほうまで散歩した。いっしょに歩いていたら冷たいにわか雨がおそってきたので、ゆるく積んだ石垣の脇の大きなシダの茂みに身を寄せて雨宿りした。ひとしきり世間話をかわした後で、この男は僕に、歌は好きかね、と尋ねて、ひとふし披露してくれた。

単調な歌のリズムをはっきりさせるために高い音と低い音の間に休止をはさむ歌い回しは、これまでに他の二島で聞いたのと似たようなものだったが、この男の鼻に掛かった不快な声の調子はほとんど聞くに堪えなかった。彼の歌の全体的な印象が僕に連想させたのは、かつてパリからディエップ行きの三等列車で乗り合わせた東洋人のグループが歌っていた歌である。しかし、この島の男のほうが声の音域ははるかに広かった。

やすりのような彼の喉を通る間に、歌詞の発音は不明瞭になってしまう。うなり声をあげる風にかき消されぬよう、男は僕の耳元で大声をはりあげて歌っているのだが、海へ出ていろんな冒険をするひとりの若者の運命を物語るバラッドが延々と歌われているのだな、というくらいにしか聴き取ることができなかった。船乗りになった若者の暮らしを描くために、英語の海事用語がひんぱんに出てくるのだけれど、当の歌い手はこの種の用語が歌詞のなかにきちんとはまっていないとおもっているらしく、凹字くさび（ギブ）とか中檣帆（トップスル）とか第一斜檣（バウスプリット）とかいうことばが出てくるたびに、僕のことを指先で突っついて注意を喚起してから、いちいち意味を説明してくれるのだった。ところが、僕にとってみれば、これらの単語は歌詞のなかでいちばんよく理解できる部分だったのだ。それから、物語の舞台がダブリンになったときには、「一杯のウイスキー（グラス・オブ・ウイスキー）」とか「パブ（パブリックハウス）」とかの表現にも英語が使われていた。

　にわか雨が止んだところで、彼は、海からすぐ近くの断崖にかくれた不思議な洞窟へ案内してくれた。そこからの帰り道、いつも聞かれる三つの質問を、彼もまた僕に尋ねた。すなわち、あんたさんはお金持ちかね、と、あんたさんは結婚しているのかね、と、アラン三島よりも貧しいところを見たことはあるかね、である。

　僕が未婚であると答えると、それじゃあ夏にこんどまた来たら、「スプリー・モール・アガス・ゴ・ロール・レディース」（「すげえばか騒ぎ（スプリー）とたくさんの婦人がた（レディース）」）が待っているクレア州の鉱泉保養地へ島カヌー（カラッハ）で連れて行ってやるよ、と彼は言った。

　いっしょにいた間ずっと、僕にはこの男がどういうわけか虫が好かなかった。僕は誠意はあるが偏見はない人間だと自認してはいたのだが、彼は、その僕が彼のことを嫌悪しているのを感づいていたようだった。夕方もういちど会おうと約束したので、うまくことばにならない嫌悪感をひきずりながら落ち合う場所へ行ってみると、彼のすがたはなかった。

おそらくはもぐり酒場の常連の飲んだくれで、赤貧のどん底にあるにちがいないこの男が、僕が彼を好いていないと感じたのが理由で、小銭をもらえる機会を拒んだのは、いかにもこの男らしいとおもった。彼の表情には強気なところと憂鬱そうなところが奇妙に混じり合っていた。あの個性からして、おそらく島では評判のよくない男なのだろう。そして、他の島人たちと融和できない落ち着きの悪さを抱え込んだまま、ここに暮らしている男なのだろう。

イニシュマーンへまた戻ってきたのだが、今回の船路は好天に恵まれた。今日は朝早くから大気が輝かしい日光にあふれていた。マイケルとほかのふたりの男たちが島カヌー(カラッハ)で僕を迎えに来てくれて、正午に舟を出したときには、ほとんど夏の日のようだった。

うまいぐあいに追い風だったので、帆をあげてマイケルが船尾で舵を取り、代わりに僕が男たちに混じって櫂を握った。

僕たちはたっぷりした昼飯をとったうえに一杯やってもいたので、突然夏が戻ってきたようなこの天気に浮かれて、夢見心地の陽気な満足感にひたっていた。そして、歓喜のあまり、大声で口々に叫んだりした。僕たちの叫び声は、きらきら光る青い海を横切って消えていった。

イニシーアの島人たちに出会った後でさえ、イニシュマーンのひとびととふれあうと、このひとたちが世界に対する奇妙に古めかしい共感によって動かされているように思われてならない。彼らの気分は今日という一日がかもしだす気分とみごとなほどに調和していたし、彼らが話す古来からのゲール語は神々しいばかりの簡素さにあふれていたので、僕はこうして船首を西に向けたまま、仲間の漕ぎ手たちといつまでも舟を漕いでいたい気持ちにさせられた。

そして、僕は彼らに、二、三日したらパリへ行ってあっちに置いてある本やベッドを売り払った後、またここへ戻ってきて、西の海の島々で暮らす君たちみたいに強くて飾らない人間になれるようつとめるつもりだ、と言った。

僕たちの興奮がおさまったころ、マイケルは、ある神父さんが島を去るとき猟銃を家へ置いていったんだけど、次にその神父さんが島に来るまでオレはそいつを自由に使っていいことになってるんだ、と言った。家にはもう一丁猟銃があるし、ウサギを穴から追いだすのに使うフェレットも飼っているから、よし、家に帰ったらすぐあんたさんをウサギ狩りに連れてってやるよ、と彼は言い出した。

その日帰宅した後、僕たちはほんとうに狩りに出かけた。あんたさんはきっといい鉄砲撃ちになるぞ、と意気込むマイケルの熱心さに、僕はおもわず吹き出しそうになった。

僕たちは二枚の岩畳の間の狭い割れ目にフェレットをすべりこませて、しばらく待った。二、三分たって、獣の足が岩畳の下を突っ走るような気配を感じた瞬間、一羽のウサギが岩の割れ目から僕たちの足元へ跳びだして、数フィート離れた石垣めがけて突進した。僕は大急ぎで銃をかまえて発砲した。

マイケルが岩を駆け上がって僕のすぐ脇までやって来て、「命中だよ（ヴィル・トゥー・エー）」と叫んだ。僕はウサギをしとめたのだ。

ひきつづき一時間ほどの間に僕たちは七、八羽のウサギをしとめ、マイケルはものすごく喜んだ。もし僕がへぼな鉄砲撃ちだったら、即刻島を去らなければならなかったのではないかと思う。島人たちはきっと僕を軽蔑したことだろう。鉄砲が撃てない「紳士（ディニャ・ウアサル）」などというものは、狩猟者の子孫である彼らの目には、キリスト教の教えに背いた人間にさえ劣る堕落者に見えるだろうからだ。

この島の女たちの心性は慣例尊重主義以前の状態にあるが、パリやニューヨークの女たちに特有なものと一般に考えられているリベラルなところを持っている。

女たちの多くは自足しているうえにあまりにもたくましいので、僕にとっては島を飾るものとしての女性という以上の好奇心をそそる存在ではない。しかし、なかには、興味深い個性にあふれた女たちもいる。

今年、僕はすばらしいユーモア感覚のある娘と知り合いになった。ここ数日通ってきて、この家のおかみさんの紡ぎ車を借りて、食堂兼居間（キッチン）で糸紡ぎをやっている娘である。彼女がやってきた最初の日、巣ごもりの鳩がクークー鳴くような抑揚をすべての音節につけてしゃべるこの娘の声が、隣りの部屋で寝ていた夢見心地の僕の耳に忍び込んできたのだった。

彼女と似たような声でドイツ人やポーランド人の女性が話すのを聞いたことがある。しかし、素朴で動物的な感情からかけはなれている度合いが女たちよりもいっそう強い男たち――すくなくともヨーロッパ人の男たち――、あるいは、フランス語や英語のように喉頭音の弱い言語で話すひとびとなどは、日常会話のなかで、この娘が話す言語以前の歌みたいな調子でしゃべることは、決してないだろうとおもう。

この娘は、娘たちがみなよくやっているように、ゲール語の指小語をいくつも重ねたり、構文法をユーモラスに無視しつつ形容詞を反復したりして、いつも言葉遊びをしている。彼女がいるあいだは、食堂兼居間（キッチン）のおしゃべりの声は決してとだえることがない。今日彼女は、僕にドイツのことをたくさん質問した。なんでも彼女の姉さんのひとりが何年か前、アメリカでドイツ人と結婚したのだそうで、だんなが奥さんをとても大事にして、りっぱな「カパル・グラス」（「灰色の馬」）に乗せているのだという。そういうわけでこの娘も姉さんにならって、単調な骨折り仕事だらけの島から逃げだそうと決めているのだそうだ。

　この炉辺の僕専用の腰掛けに座って過ごすのは今夜が最後なので、近所のひとたちと長話をした。彼らは部屋へ入ってきて僕にお別れのあいさつをすると、頭を低い腰掛けにもたせかけ、暖炉の燐き火に向かって足を投げ出して、床に寝そべってしまう。この家のおかみさんは暖炉の反対側に腰掛け、例の娘は紡ぎ車の前に立って、みんなを相手におしゃべりしたり、冗談を言ったりしている。娘は、あんたさんがもう帰るってことはお金持ちの奥さんをもらうってことでしょうけど、奥さんがいつか死んだらこの島へ帰ってきて、あたしを二番目の奥さんにするといいよ、なんて言っている。

　僕は、ここのひとびとがしゃべる会話ほど素朴で魅力にあふれた会話を聞いたことがない。この晩、彼らは自分たちの妻たちの評定をはじめたが、ようするに彼らが女性に見いだす最大の美徳は多産であるということで、子どもをたくさん生んでくれるのがいい女であるというのだった。この島では子どもを働かせて金を稼がせるなどということはありえないのに、子だくさんを望むのである。これを聞いて、ここの島人たちはパリに住む人間とはまるで異なる人種なのだ、とつくづく思った。

　島でも率直な性の衝動は弱いわけではないけれど、家族を維持しようとする衝動の下に押さえつけられているので、不品行に及ぶことはめったにない。ここの暮らしはいまだにほとんど家父長制の段階にあって、島人たちは、未開人たちの衝動的な生き方から遠く隔たっているのとおなじくらい、ロマンチックな恋愛観からも遠い世界に暮らしている。

今朝は風がとても強かったので、定期汽船が来るかどうか怪しかった。それで、マイケルとふたりで水平線を見つめていたら、いつのまにか半日がたってしまった。もうあきらめよう、と思ったところへちょうど北の彼方から汽船が視界に入ってきた。今日は波が非常に高いので、船をいったん風上にまわしてから風下へ向けて操船してきたのである。僕は家へ帰って荷物をとり、マイケルとおやじさんにいっしょに来てもらって、あちこちの家にさよならの声をかけながら、舟揚げ斜路（ボートスリップ）へ下っていった。

外海では風が吹き荒れているのに、斜路の前の海面だけは池のように穏やかだった。汽船がイニシーアに寄港してからこちらへやってくるまで立って待っているひとびとの間では、こんど僕が島へ戻ってくるときに結婚しているかどうかの話題で、最後までもちきりになった。そうこうするうち、僕を乗せた島カヌー（カラッハ）は海へ漕ぎ出していき、汽船に接舷するためにほかの舟といっしょに一列に並んだ。潮の流れが速いため汽船が岸から十分距離をとって停泊したので、よりよい接舷位置の奪い合いとなる島カヌー（カラッハ）のレースは、今日は長丁場となった。その争奪戦の結果、あまりよい接舷位置はとれなかったので、僕はほかの二艘の舟の上をよたよたと手探りで横切ったすえにようやく、汽船の甲板まで這い登ることができた。

よく見知った面々を乗せた島カヌー（カラッハ）の群れが、僕だけ乗せないで舟揚げ斜路（ボートスリップ）へ漕ぎ戻っていくのを見るのはどこか落ち着かない気分だったが、じきに、瀬戸の強い横揺れが僕の注意をさらってしまった。汽船にはイニシーアで出会ったことのある顔も見られたし、ゴールウェイからキルローナンへ帰るひとたちもたくさんいた。そのなかのひとりによれば、今朝の航海は一部分海がかなり荒れたところもあったそうである。

いつもの土曜日同様、今日は汽船に、キルローナンで下ろすための小麦と黒ビールの大荷物が積み込まれている。潮が満ちてきて汽船を桟橋になんとか着けられるようになったのは、午後四時近くのことであった。このぶんでは今日中にゴールウェイまで行けるかどうか疑問だな、と僕は思いはじめた。

午後遅い時間になるにつれて風が強くなってきた。宵闇が迫る頃、ようすを見に桟橋へ戻ってみたのだが、積み荷はまだ汽船に積んだままで、船長は激しくなりつつある大風と渡り合うことに危惧の念を抱いていた。船長が最終決断をするまでにはもうしばらく時間がかかりそうだったので、僕たち乗客はキルローナンの村と桟橋を行ったり来たりしながら時間をつぶした。空を重たげな雲が走り、石垣の間を風が叫んで吹き抜けていった。ついに船長はゴールウェイに電信を打って、翌日自分が必要な仕事があるかどうかたしかめることにし、その返事をパブで待つことにした。

食堂兼居間（キッチン）を店にしたパブのなかには、暖炉の両側にずらりと並べた長腰掛けに、男たちがぎっしり座っていた。野育ちなようにみえて美しいひとりの娘が、暖炉の前に座りこんで、大声で男たちとしゃべっていた。そして、イニシュマーンで見覚えのある何人かの男たちがみじめなくらいに酔っぱらって、扉のところにたむろしていた。食堂兼居間（キッチン）の隅っこにバーカウンターがあり、その脇に小部屋があって、何人かの年寄りがトランプをしていた。天井を見上げると垂木がむきだしに並び、泥炭とタバコの煙をたっぷり吸い込んだ色をしていた。

これこそ、他の島の女たちがひどく恐れている男たちのたまり場である。ここへやってきた男たちは、持ち金が底を突くまでぐずぐず長居をし、そのあげくに千鳥足で出て行って、瀬戸の海で消息を絶つことになるからだ。からっぽになった島カヌー（カラッハ）と、潮に揉まれ、着衣をはぎ取られて漂着する死体という背景を知らずに見れば、この殺風景な空間に男たちが夜な夜なやってきては腰掛けて、たちの悪いウイスキーや黒ビール（ポーター）を飲み、漁やケルプや煉獄に落ちた人間を待ち受けている悲嘆について、際限もなく話しつづける浪費の光景には、ほとんど滑稽さがただよっているとさえ言えるだろう。

僕たちがウイスキーを飲み終えたとき、汽船は今日は出ないという伝言が届いた。

僕は一苦労して荷物を汽船から降ろし、小麦の袋や石油容器がめちゃくちゃに散らばった桟橋

黒ビール

のうえでまだ右往左往している女たちとロバたちの間を縫って運び出した。行きつけの宿屋へたどりつくと、おかみさんはとても上機嫌だったので、僕はしばらく食堂兼居間（キッチン）の炉辺でおしゃべりを楽しんだ。その後、はじめてここへ来たときわざわざ僕に会いに来てくれた漁網修理の老人が、今夜は桟橋で夜番をしていると聞いたので、暗い夜道を港まで手探りするようにして下りていった。

桟橋はとても暗くて、突風がびゅうびゅう音をたてていた。老人がいるかと思って小さな事務所を覗いてみたが誰もいなかったので、向こうのほうでランタンをさげて動いている人影のところまで行ってみることにした。

はたしてその人影が老人だった。僕が呼びかけて、名前を名乗ったら、彼はすぐに思い出してくれた。彼はたくさんあるランタンのひとつを調節するのにちょっと手間取っていたが、それが終わると、僕といっしょに彼の事務所へ戻った。事務所とは言っても、それは桟橋で今やっている工事の請負人のために建てた、板材とトタン板でこしらえた小屋みたいな代物であった。

明かりの下で見ると、老人は防寒のために何本ものマフラーで頭をぐるぐる巻きにしており、その顔はあいかわらず知性の輝きを放ってはいたものの、以前に会ったときよりもずいぶん年取ってみえた。

彼は、四十年か五十年前に、高級船員付きの給仕（キャビンボーイ）になろうとして島をはじめて出たとき、ダブリンで僕の親戚を訪問したことがあったという。その思い出話を語りはじめた。

老人が語る物語はいつものように、詳細をきわめていた。

わたしらは、ダブリンの埠頭でひとりの男が歩きまわっとるのに気がつきましたが、その男、何も言わんでわたしらを見つめておったで。それで、ヨットのところまで下りてきまして。

「アランからおいでになった方々ですか」とその男は言いましたで。

「そうとも」とわたしらは答えました。

「それではわたしとともにおいでください」と男。

「なんでかね」とわたしらは聞き返しました。

すると、その男は、自分はシング様の使いで参ったもので、これからみなをご案内もうします、と言うたんで。シング様はわたしらをお屋敷の食堂兼居間（キッチン）へお通しくださって、みんなにウイスキーを一杯ずつふるまってくださった。わたしゃまだ少年だったもんで、わたしだけはグラス半杯でしたが。ほんとのこと言うと、その時分にゃもう今とおなじで、わたしゃ二人前飲んでもへっちゃらでしたがねえ。それで、しばらくその食堂兼居間（キッチン）でくつろがせていただいた後、誰かが、そろそろおいとませにゃなるめえ、と言いましたんで、シング様にひとことごあいさつせねばおいとまはできるめえ、とあたしゃ言いまして。女中がとんとんと階段を上がっていくと、シング様がまた下りてきなすって、わたしらみんなにもう一杯ずつウイスキーをふるまってくれまして、わたしにゃアイルランド語の御本まで一冊くださいましたで。これから航海に出ることだし、わたしゃ本が読めたもんで。

わたしゃ三十年がとこアイルランド語をひと言たりとも耳にせずに暮らした後こっちへ帰ってきましたが、わたしのアイルランド語はこの島のだれと比べたって勝るとも劣りません。これもみんなシング様とあの本のおかげです。

老人の話を聞きおえてわかったのは、アイルランド語というほとんどひとに知られていない言語に関する知識があるゆえ自分はありきたりの水夫とは違うのだという優越感が、彼の全人格に影響をおよぼしており、彼の人生における興味の中心でもあるようだ、ということであった。

ある航海のとき、乗り組んだ水夫仲間のなかに、学校へちゃんと通ってギリシア語を学んだことを自慢にしている水夫がいた。つぎの話はこの水夫との間に起こった事件である。

ある夜のこと、わたしゃそいつと喧嘩しちまいましてね。いつもえらそうに言っとるがおめえさんほんとにギリシア語の本読めるのかい、って尋ねたんで。

「おう、読めるとも」、とそいつは言いました。

「じゃあ、みせてもらおうじゃねえか」、とわたし。

で、わたしゃ自分の物入れ箱から例のアイルランド語の本をとりだして、手渡したんで。

「ギリシア語が読めるならそいつを読んでみてくんねえ。」

そいつは本を受け取ると、こっちから見たりあっちから眺めたりしてましたが、ちいともわからんようすで、

「なんてこった、オレぁギリシア語を忘れちまった」と言いました。

「うそ言ってらあ」とわたし。

「うそなんか言ってねえ。ちゃんと読めるぜ」とそいつ。

そこでわたしゃそいつから本を取り返して、こう言ってやったんで。

「おめえはギリシア語なんかちいとも知らねえのさ。お気の毒さま。この本にゃギリシア語なんかひとことも書いてねえのに、そんなこともわかんねえんだからよ。」


老人は、長年の航海でただ一度だけアイルランド語が話されているのを耳にしたことがあったという。そのときのことを話してくれた。

ある晩のこと、わたしゃニューヨークの通りをほかの連中と歩いておったですが、あるパブの

戸口のとこで女がふたりアイルランド語で口喧嘩してましたんで。

「ありゃあ、なんかの内輪ことばかね」と仲間のひとりが言いましたんで、

「いやあ、内輪ことばなんかじゃねえさ」とわたしゃ答えました。

「じゃあ何だい」と聞きますから、

「あれぁアイルランド語だあな」と答えてやったわけで。

で、わたしゃその女たちのとこへ寄っていきまして、ほら、おたくさんもご存じのように、なだめたり静めたりするのにアイルランド語にまさるもんはないですから、わたしがその女たちに一言話しかけたとたん、女たちは引っかきあってた手を止めて、ののしりあってた口をあんぐりあけたまま、二頭の羊みたいにおとなしくなっちまったんで。

女たちは、どうだいあたしたちといっしょに一杯つきあっちゃくれないかしら、とアイルランド語で尋ねてきたんで、わたしゃ連れがいるから、と答えました。すると、

「みんないっしょに連れといでよ」と言うんで、
みんないっしょに一杯やったというわけです。


僕たちが話している間にもうひとりの男が小屋に入ってきて、パイプを手に隅に腰掛けた。いつの間にか土砂降りになったようで、トタン屋根に当たる雨音がうるさくて、自分たちの声さえ

よく聞こえなくなってきた。

老人はさらに、海での経験や訪ねた土地のことなどを語り続けた。

「もう一度人生をやりなおせるとしても、わたしゃほかの生き方はごめんです。いろんなところを行ったり来たり、いろんなもんを見たですからなあ。グラスを前に尻込みしたこたぁ一度もなかった。だからって、この人生で酔っぱらったことはいっぺんもなかった。トランプにもずいぶん熱を上げたもんだが、金を賭けたことはいっぺんもなかったんで。」

すると、隅で聞いていた男が、「金をかけねえんじゃトランプなんぞやったって気晴らしにもならんじゃねえか」と口をはさんだ。

老人はこう答えた。「賭けトランプなんかやっても無駄だったんだよ。わたしゃいつも負けるんでね。いつも負けるんじゃ賭ける意味がねえもんなあ」、と。

それから、僕たちの会話は、アイルランド語とアイルランド語で書かれた本をめぐる話題に移っていった。

老人は、マクヘイル大司教によるアイルランド語訳『ムーアのアイルランド歌曲集』を鋭い眼識で痛烈に批判しはじめた。彼は、いくつもの詩の全文を英語版とアイルランド語版で暗唱し、さらに自分でつくったアイルランド語訳もそらで語ってみせたのだ。

「翻訳ってもんは、詩のことばといっしょに音楽も移せなかったら翻訳とは呼べませんな。わたしの訳にゃ英語の原文にない詩脚（フット）や音節（シラブル）はひとつも加えずに、ムーアの英語が意味するところはあますことなく、足しも引きもしないで移してあります。マクヘイル大司教の翻訳はもっとも貧弱な著作と言わにゃなりませんで」、と老人は語った。

彼が暗唱した詩行から判断するかぎり、老人の批判は完全に正当なものであった。かりに老人の言い分が間違っていたとしても、この貧しい水夫あがりの夜番があえて立ちあがり、有名な高位聖職者にして碩学の著作における微妙な作詩法にかかわる点や、ゲール語の古い単語どうしの意味の細かい差異について批判してみせたことは、書き留めておくに足る興味深いできごとであった。

老人は非凡な知性とこまやかな観察力をもっているにもかかわらず、その論法にはいささか古くさいところが見受けられた。

僕は老人に、アラン三島でこの先アイルランド語はどうなるとおもうか、と尋ねてみた。

「アイルランド語が死に絶えることはないでしょうな。ここじゃ、どこの家でもじゃがいも畑をちっとは持ってますが、畑仕事のことばはみんなアイルランド語なんで。海でも、一本マスト船（フッカー）みたいな新しい船を操るときには英語を使うけど、島カヌー（カラッハ）を動かすときにはたいていアイルランド語だし、なにしろ畑ではアイルランド語だけしか使わないわけで。アイルランド語が死に絶えることはあんめえってこと。死にそうになってるってひとびとが気づくときにゃ、アイルランド語は不死鳥（フェニックス）みたいに自分の灰から舞い上がってきますで」と、老人は言った。

「ゲール語連盟（ゲーリック・リーグ）はどうなりますか」とさらに聞いてみると、

「ゲール語連盟（ゲーリック・リーグ）とな。運動員だの書記だのが大勢でやってきて、集会を開いて、演説をぶって、支部までできたんで。そのうえ、五週間半もかけてアイルランド語をみっちり教えてくれましたで」〔著者シングによる注……この文章は数年前に書かれたものだということをご記憶いただきたい〕、と老人は答えた。

すると、隅で聞いていた男が、「あの連中にアイルランド語を教えてもらう必要なんかあるんかね。アイルランド語ならオレたちゃ十分知ってるじゃねえか」と言った。

すると老人は、「そうも言えんよ。いいかね。一から九百九十九まで英単語の助けを借りずに数えられる人間は、このアラン島でわたしひとりしかおらんのだからなあ」と答えた。

もうだいぶ夜も更けたので、雨脚が弱くなったところをみはからって僕は退出した。そして、晩秋の夜の漆黒の闇を手探りしながら宿へ帰った。

第四部

アラン三島は、訪れるたびに違うすがたを見せてくれる。今朝五時すこし過ぎに汽船が出航したときには、ひんやりした夜気のなか、湾を見下ろす空には星々がまたたいていた。ゴールウェイ外浜のたくさんの漁師たちが港の近くの海に出て夜通し漁をしており、彼らは、汽船の航路などはおかまいなしに、というか、そんなことにかまおうと気づくことさえなく、航路と重なる深水部にすでに漁網をしかけていた。汽船が出航する前に、汽笛を繰り返し鳴らして漁師たちに警告を呼びかけながら、航海士が僕たち船客にこんなことを言った——

「ご乗船の皆様、これから本船が湾内へ出てまいりますと、漁師連中がケッコウな祈りをとなえるのが聞こえてまいります。」

出航するとまもなく、漁師たちが船のうえで焚いている泥炭の火が海面にちろちろ照り映えているのが見えてきた。また、怒っている声もかすかに聞こえてきた。やがて、闇の中に大きな漁船の輪郭が見えてきて、甲板上の三人の人影が、進路を変えろ、と大声で叫んでいるのがはっきり聞き取れた。僕たちが乗った汽船の進路の周辺にはいくつも砂州がひそんでいるので、船長は、進路変更は危険であると判断し、船のエンジンを止めて漁網の上を滑らせていくことできりぬけようとした。漁船の間近を通過したときには漁師たちのすがたが甲板上にはっきり見え、なかのひとりはあかあかと燃えている泥炭の入ったバケツを持っていた。彼らが悪態をついているのもよく聞こえた。その悪態は、おびただしい種類に及ぶゲール語の呪詛から、もっと簡単な英語の罵り言葉にいたるまで、じつに変化に富んでいた。身をよじり、顔をゆがめて罵り続ける漁師たちの背後から太陽が昇り始め、曙光が海のさざ波を照らした。すこし先にはもう一艘の漁船がいて、またもや漁師たちの罵声が聞こえてきた。彼らの声は、明け方の静けさのなかで薄れてゆく星々の光と奇妙な対照をなしていた。

もっと先まで進んでいくとさらにたくさんの漁船がいたが、彼らの漁網は汽船の進路上にはなかったので、罵声を浴びせかけてくることもなかった。そのうちに、冷たいにわか雨がひとしきり降ったかとおもうと、その雨脚は最初の太陽光線に照り映えて金色に変わり、波の間のへこんだ海面を不思議な透明感と光でいっぱいにした。

今年は、島人たちの興味を維持するために何か新しいものが欲しいと思い、フィドルを持ってきた。彼らのために何曲か弾いて聞かせてみたのだが、僕の見るところでは、彼らは好奇心から熱心に聞いてくれるけれど、現代的な音楽にはあまり感心しているふうではなかった。「アイリーン・アルーン」のようなアイルランドの歌の旋律(エア)を演奏したほうがまだ受けがよかった。ようやく島人たちが本当の意味で音楽に反応していると感じたのは、島でもよく知られている「黒の悪太郎(ブラック・ロウグ)」のような活発なダンス曲(ジグ)を演奏してみたときのことである。昨晩、僕は大勢の島人の前でフィドルを披露することになったのだが、島のあちこちからそれほどたくさんのひとびとが集まってきていたのは、これから書くようなことがあったためである。

昨晩六時ごろのこと、学校の先生の家を訪ねようと思って歩いていたら、西寄りの道路から見下ろすところに建っている数軒の家のあたりから、男女が激しく口論する声が聞こえてきた。どうしたんだろうとおもって聞き耳をたてていると、石垣の向こうから何人かの女たちがこちらへやってきて、あのふたりは近い親戚どうしで隣り合わせに住んでるんだけど、細かいことでよくこんなふうに喧嘩になっちゃうのよ、でも、次の日にはケロッとまた仲良くしてるんだけどね、と教えてくれた。喧嘩の声は激しくなるばかりなので、これじゃあとあと仲違いになるんじゃないかな、と僕が心配していると、いっしょに見物している女たちは、そんなことないない、と笑い飛ばした。やがて、静かになったので、やれやれ、終わったようだね、と僕がつぶやくと、

「終わったようだって、とんでもない。まだはじまってもいないくらいだよ。まだじゃれあっ

てる段階さ」、と女のひとりが言った。

ちょうど日が暮れたばかりでぐっと冷え込んできたので、これくらいを潮時にして僕は先生の家に入った。

一時間後、僕が泊まっている家のおやじさんがやってきて、いま家に若い衆たちと「漁網師（ファル・リーンタ）」（アランモアから来た若い男で少年たちに漁網直しを指導している）のひとが来ていて、あんたさんが戻ってきてフィドルを弾いてくれたらダンスがしたいと言ってるんで、都合はどうかと思って聞きに来たんだが、と言った。

もちろん喜んで、と僕は即座に席を立ったが、外へ出るやいなや、さっきよりも激しく口論しあう声が西の方から聞こえてきた。噂は島中を駆けめぐったとみえて、娘たちや若者たちが連れだって喧嘩の現場を一目見ようと必死で駆けてくるところは、まるで競馬場へ急いでいるみたいだった。

僕は泊まっている家の前まで帰ってきたところで足を止め、静まりかえった島をつんざく罵詈雑言の連続にひとしきり耳を澄ましてみた。それから、食堂兼居間（キッチン）に入り、フィドルの調弦をはじめた。若者たちは僕の演奏を待ちかねてうずうずしているようだった。さて、いよいよ立って弾きはじめてみると、弓を上向きに滑らせたとき、どうしても弓の先端が屋根裏の垂木にぶら下げてある防水衣（オイルスキン）や塩干しの魚に当たってしまうのだった。そこで、しかたなく、みんなの邪魔にならない部屋の隅のテーブルに腰掛けることにした。そして、譜面台がないので、ひとりの島人にたのんで目の前に譜面を掲げてもらうことにした。まず最初、聴衆の反応とこの部屋の音の響き具合を確かめるためにフランスの曲をひとつ弾いてみたが、土の床と藁葺き屋根のこの空間ではほとんど音が反響しなかった。つぎに、「黒の悪太郎（ブラック・ロウグ）」を弾いた。すると、曲が滑り出した次の瞬間、長身の男がランプの火屋（ほや）にぶつからんばかりの勢いで座っていた腰掛けから跳び上がり、奇妙な自信と優雅な見せびらかしをステップにこめて、食堂兼居間（キッチン）のなかを飛ぶように踊りまわりはじめた。

島モカシン（バンプーティ）を履いた足取りの軽さゆえ、この島で見るダンスは本土で見たどんなダンスよりも軽々と、そしてすばやく踊っているように見える。そして、ひとびとが純朴なので、彼らのステップからはナイーブな放縦さが発散している。こんなステップは、人間の自意識が強くなってしまった土地では決して見られない。

だが、ダンスのスピードがあまりに速いため、近ごろ稽古を怠っていた僕の指はそのスピードについていくのに精一杯で、部屋の中がどんな様子になっているのか見ようにも、ほとんど注意をそらす余裕がなかった。一曲弾き終えてふと気がつくと、扉のあたりがごったがえしていた。喧嘩を見にやってきたひとびとが全部この家の食堂兼居間（キッチン）へ繰り込んできたのである。男たちは四方の壁沿いにずらりと並び、女たちと娘たちはいつものようにひとかたまりになって扉の近くにしゃがみこんでいた。

僕はダンス曲をもうひとつ、「パディ、起きろ」を弾きはじめた。すると、例の「漁網師（ファル・リーンタ）」とさきほどのダンサーがふたりで跳び上がり、観客がぞくぞく増えたのに刺激されたようすで、速度と優雅さにいっそう磨きがかかったダンスを披露した。そうするうち、小柄（リトル）なロジャーと呼ばれている老人が外に来ているという耳打ちが聞こえてきた。彼はかつてこの島いちばんのダンサーだったのだそうだ。

老人は、もう年をとってダンスが踊れないからという理由で、中へ入るのを固辞していたようだが、ついにひとびとが説得して家へ入ってもらい、僕の正面の腰掛けに座ってもらった。さらに長いこと渋ったあげく老人はようやくダンスを披露することに同意し、ひとびとは大喝采で迎えたが、ほんのすこしだけ踊ってやめにしてしまった。僕の楽譜集に載っているダンスはどれも知らないとのことで、聞いたことのない曲でダンスはしたくないから、というのが理由だった。それでもひとびとがやんやと騒いで静かにならないので、老人は僕に向かってこう尋ねた。

「ジョン」、と彼が呼びかける声は英語で、そして震えをおびていた。『ラリー・グローガン』はできるかね、なかなかいい曲なんだが。」

残念ながらその曲は演奏できなかったので、もういちど「黒の悪太郎（ブラック・ロウグ）」を弾くことにし、数人の若者たちが曲にあわせて踊り、それでパーティはお開きとなった。例の口喧嘩はすぐ下の家でまだ続行中だったので、ひとびとは続きを見物しにいそいそと出て行った。

十時頃、ひとりの若者がやってきて、喧嘩は終わりました、と報告してくれた。

「四時間も口げんかしつづけたんで、疲れたみたいで。でも、疲れるのもあたりまえなわけ。だって、あの声は人間がたてる音というより、人間が豚を絞め殺してる音みたいだったからね」、と若者は言った。

ダンスと大騒ぎの後でいささか興奮してしまい、ちっとも眠くならなかったので、僕たちは泥炭の熾き火を囲んで座り、蠟燭の明かりのなかでタバコをふかしながら長い時間話し込んだ。

ふつうの音楽の話から、話題は妖精たちの音楽へとうつり、僕がいくつか話を披露した後で、彼らはこんな話をしてくれた。


村の向こう側のはずれに住む男がある日猟銃をたずさえて、ひとつウサギをしとめてやろうとかんがえて、小さな城砦(ドゥーン)に近いやぶへ行ったと。さて、一本の木の根元にウサギが一羽きちんと座っているのを見つけたので、男は銃をかまえてねらいをつけたわけさ。ところが、ウサギに銃を向けたとたん、自分の頭のうえあたりからなにやら音楽が聞こえてきたんで、あれっとおもって空を見上げた。で、もういちどウサギのほうに目を向けたときには、もう影も形もなかったと。

男がさらに先へ進んでいったら、またもや音楽が聞こえてきたわけ。

そこで、男が石垣のほうへ目をやると、一羽のウサギが石垣の脇にきちんと座って口もとに横笛をかまえて、二本の指でりょうりょうと吹いておった、ということ。

話をしまいまで聞き終えると、この家のおかみさんが、「そいつはいったいどんなウサギだったのかねえ」と切り出し、さらにこう続けた。「まともなウサギじゃありえないね。パット・ディラーンおじいが話してくれたのを思い出すんだけど、あるときおじいが断崖の上へ行ったとき、一羽の大ウサギが板石の下の穴のなかにどっこり座っておったと。そこで、おじいは連れの男を呼び寄せて、ふたりして杖のはじっこの鉤（カギ）でぐりぐりと、その大ウサギを穴の奥へと押し込んだんだ。そうしたところが、おじいたちの耳にこんな声が聞こえてきたんだと――

『おおい、ポードリック、その鉤（カギ）でぐりぐりするのはやめてくれ』、ってね。」

それを聞いて、こんどはこの家のおやじさんがこう言った。「パットおじいはたいしたならず者だったからね。あんたさんも覚えてなさるかもしれんけど、おじいは杖のはじっこに二本の角をハンドルみたいにつけてましたで。ある日、ちょうど島に来ておった神父様がおじいに、こう尋ねたと――

『パット、あんたが杖の先にとりつけとるのは、そりゃ、悪魔の角かね。』

するとおじいは答えて、『さあて、よくわかりませんが。でも、もしそいつが悪魔の角だとしたら、赤ん坊時代にものが喉を通るようになってからというもの、あんたさまは悪魔の乳を飲み続けてきたことになりますな。それから、悪魔の肉を食べ、悪魔のバターをいつもパンに塗りつけてきたということになりますなあ。見回せばいたるところの雌牛に、ほら、おんなじ角が生えてますからなあ』、とうそぶいとったわけさ。」

今日は荒れた天気だったが、昼過ぎになって海が少し静かになってきたので、コネマラから泥炭を積んできた一本マスト船（フッカー）が接岸できるようになった。とはいえ、船が桟橋に繋がれているときでさえ横揺れが激しいので、船乗りたちはつねに波に目を配り、大波が寄せてくるたびに太綱をゆるめて、上下する海面の動きに船がうまく乗るようにしなければならなかった。

船にはふたりしか乗り組んでいなかったから、船荷をすべて下ろした後に出航していくときは大変そうだった。ふたりの船乗りはおおわらわで太綱を引き込み、帆を上げ、風にあおられて岩礁にぶつかるのを避けるように船を操って、港の外へ出ていった。

その直後にはげしいにわか雨が降った。僕は、馬を積んでくる予定になっていたもう一艘の一本マスト船（フッカー）の到着をたたずんで待つひとびとといっしょに、泥炭を積み上げた山の陰で雨宿りした。すると彼らは、きのうの夜の例の口喧嘩について、ありゃあとにかく喧しかったなあ、などと言い合って、大笑いをはじめた。

「ここじゃあ他愛のないことが原因でどえらい喧嘩になるからね」と僕のとなりの老人が言った。「六十年ばかり前に浜でナイフ片手の殺し合いがあった話、大島(アランモア)のマーチーンか誰かからもう聞いておられますかな。」

「いえ、聞いたことがありません」、と僕は答えた。

「それならば」、と老人は語りはじめた。「あれは島の衆が雑草刈りに出る日のことだったが、出かける前にひとりの男がナイフを研いでおった。するとひとりの少年が食堂兼居間(キッチン)へやってきて、

『そのナイフ、なんのために研いでるんだい』と尋ねたので、

『おまえのとうちゃんを殺すためだよ』とその男は答えたわけ。男同士、古い親友だったからね。で、その少年は家へ帰って、おじちゃんがとうちゃんを殺そうとしてナイフを研いでるよ、と言ったわけ。

父親は、『そうか、あいつがナイフもってくるんならオレだって』と言って、自分のナイフを研ぎましたな。

さて、みんなが浜へ集まってきたと。ふたりの男は最初のうち、おたがいのナイフのことをからかいあっておったけど、しだいに声を荒げるようになって、じきに気がついてみたら、十人の人間がナイフをふりかざして斬り合いをしておった。で、その大立ち回りは、五人の人間が死ん

でようやく終わったということ。

その明くる日、みんなで埋葬をして、家へ帰ってきたら、なんとまあ、この大騒ぎのもとになった少年と相手の家の息子が仲良く遊んでおったと。父親はふたりとも墓の中ですわ。」

老人がちょうど話を語り終えたところへ突風が巻き起こって、僕たちの近くに積んであった乾いた海藻の束をひと束、僕たちの頭上にまで吹き上げた。

そして、別の老人が口を開いた。

「そう、すごい突風だった、あのときも。今でも忘れやしませんがね、南島（イニシーア）にひとりの男がおって、石垣が折れ曲がって風除けになったところの陰に、羊毛を大量に広げておったわけ。刈り取った羊毛を洗って、乾かして、ひっくりがえして、後はもう梳くばかりのところまで仕上げてあった。そこへ突風がびゅうっと吹いてきて、羊毛が石垣の上まで舞い上がってしまったと。男は両腕をいっぱいにひろげて押さえようとしたんだけど、それを見ていたもうひとりの男がこう言ったわけさ。

『悪魔がおまえさんのいかれた頭をなおしてくれますように。突風に向かってたちはだかったって止めらりゃせんよ』、と。

それ聞いた男は、『たとえ悪魔があの風のなかにいるとしても、おいらはやれるかぎりやってみるさあ』、と答えましたな。

で、そのことばのせいだったのかどうかは知りませんがね、そこにあった羊毛はぜんぶ男の頭の上まで吹き上げられて、島じゅうに吹き散らされてしまったんだと。ところが、後からその男のかみさんが羊毛を紡ごうとしてその場所へやってくると、羊毛はそっくりそのままそこにあって、風に飛ばされたなんてまるっきり嘘のようだったという話。」

「その一件についちゃあ、じつはこんなこともあって」と、さらに別の男が話を引き継いだ。

「そのことがあった前の晩だけど、ひとりの女が島の西の方でどえらいものを見たっていうわけ。この島と南島（イニシーア）でここしばらくの間に死んだ人間がみんな集まってしゃべっておるのを見たんだと。その晩、南島（イニシーア）からたまたまひとりの男が来ておって、その男が女から目撃談を聞いたわけさ。男は翌日、南島（イニシーア）へ帰ったが、ひとりで島カヌー（カラッハ）漕いで帰っていったんだとおもう。それで、あっちの島に近づいたところでふと見ると断崖の上から釣り糸を垂らしている人影が見えた。で、そいつが崖の上から舟の男に呼びかけてきたんだと――

『いそいで陸へ上がれ、そいで、おまえのおふくろに密造麦焼酎（ポチーン）を隠すよう伝えろ』――この男のおふくろさんは密造麦焼酎（ポチーン）を売っておったんでね――『いいか、オレはたった今見たんだ、あの岩礁のところをな、いままでこの島で見たこともねえくらい大勢の巡査と義勇騎兵が通っていったぞ』、と。さっきの話に出てきた男が丘のふもとで羊毛を風に持っていかれたのは、ちょうどこのころだったんだな。南島（イニシーア）には巡査なんぞひとりも来ておらんかったという話さね。」

すこしして年寄りたちは去っていき、僕は何人かの二十歳から三十歳くらいの男たちといっしょに残った。彼らは老人たちとは別種の話題で、僕に話しかけてきた。あんたさんは酔っぱらったことはあるかい、とひとりの男が尋ね、別の男は、あんたさんはこの島の娘と結婚するといいよ、だって、なかなかいい女たちだし、よく太った健康な娘たちだからね。腕っぷしだって強くて、子どもをたくさん生むうえに、無駄遣いはしないんだから、と言った。

馬を乗せた一本マスト船（フッカー）が到着したとき、ちょうど沖合にロブスター捕りの罠かごを仕掛けてきたばかりの島カヌー（カラッハ）が一艘、大急ぎで戻ってきた。そして、舟から下りた男が砂丘を駆け上がっていき、日曜のミサ用のよそ行き服ひと揃いを抱えて下りてきた幼い娘と落ち合った。男は砂の上でそそくさと服を着替えると、一本マスト船（フッカー）めがけて下りていった。帰り船に乗ってコネマラまで行き、あちらに預けてある持ち馬を連れてくるつもりなのである。

僕じしんもよくおしゃべりしたことのある若い奥さんが熱病――チフスだそうだ――にかかって命が危ない状態になっている。海は荒いが、彼女の夫と兄弟たちが医師と神父さんを連れてくるために島カヌー（カラッハ）を漕ぎ出して、アランモアへ向かった。

彼らが舟を出してから長いこと、僕はその行方を城砦（ドゥーン）の上から見守った。今日の瀬戸は風と雨が吹き荒れていて、彼らの黒い舟がしぶきをあげて波間をゆくのが見えるほかには、船も人影も見あたらなかった。風がすこし凪いだと思ったら、丘の下の東の方から金槌で釘を打つ音が聞こえてきた。二、三週間前に溺れて行方不明だった若者の遺体が今朝、岸に揚がったので、その友人たちが故人の家の裏庭であわただしく棺をつくっているのだ。

しばらくすると島カヌー（カラッハ）が霧の彼方に見えなくなったので、僕は寒さと陰鬱な思いに震えながら家へ帰った。

おかみさんは暖炉のそばで哀悼歌（キーン）を歌っていた。

「遺体が戻ってきた家へ行ってきたんだけど」、とおかみさんは口を開いた。「漂ってくる臭いに負けてね、どうしても中へ入れなかった。胴体から頭がもげてたっていうんだけど、三週間も海にもまれてたんだから、あたりまえさ。この島の人間はみんないつなんどき、とんでもなく危ない目にあって悲しいことになっちまうかわからないのさ。」

あの島カヌー（カラッハ）はすぐに神父さんを連れて戻って来られるかな、と僕が尋ねると、

「すぐにというわけにはいくまいね、今夜中に戻るのも無理だろうね」、とおかみさんは答えた。「風が強くなってきたからね、これから二日か三日はこの島にはどんな島カヌー（カラッハ）も来ないだろうさ。漕ぎ手たちが血相変えていたのを覚えてるだろ。大急ぎの事情があったからあえて舟を出したっていうのに、その舟で出かけた一行まで溺れ死ぬ危険にあわされてるんだ。むごい話じゃないか。」

次に、あの病気の女の人の容態はどうです、と尋ねると、「もういよいよ危ないね」とおかみさんは答えた。「明日朝まではもつまいさ。棺をつくる板の持ち合わせがないんで、下の家で母さんが死ぬときのために息子が二年前から用意しといた板を借りることになるだろうさ。あそこの母さんはまだ生きてるからねえ。熱病にかかってる女はまだほかにふたりいるそうだよ。それから三つにもなってない子どももひとりやられてるってさ。わたしたちみんなに、神様のお恵みがありますように。」

僕はふたたび海を見渡してみようと思って外に出たが、すでに夜のとばりが下りて、城砦(ドウーン)の上を暴風が吹き荒れていた。小道を歩いていくと、若者の遺体が帰ってきた家から哀悼歌(キーン)の声が漏れてくるのが聞こえた。さらに行くと、いちばん最近チフス患者が出た家の扉口のあたりがざわめいていた。僕は、牙を剝くように降りつのる雨のなかを帰宅した。そして、おやじさんとおかみさんといっしょに炉端に腰掛けて、夜が更けるまで島人たちの悲しみについて語りあった。

今晩はこの家のおやじさんが、ずいぶん昔に本土で聞いたという話を僕に聞かせてくれた。

若い女がいて、とおやじさんは語りはじめた。その女が赤ん坊を生んだという話だけど、お産をした後すぐにその女は死んでしまったから、その明くる日にみんなで埋葬したわけさ。で、その夜、べつの女がね、この女は家族だったんだが、その生まれたばかりの赤ん坊を膝に抱いて、茶碗から牛乳を飲ませようとしていたわけ。そこへ、埋葬されたばかりの、この赤ん坊の母親が家の扉をばたんと開けて入ってきたんだと。それで、その母親は腰掛けを持ってきてもうひとりの女の正面に腰を下ろすと、手を伸ばして赤ん坊を自分の膝の上に受け取って、おっぱいをやりはじめたということ。ひとしきりしたところで母親は赤ん坊を揺りかごに入れ、自分は食器棚のほうへ行って牛乳とじゃがいもを取り出すと、腹ごしらえをして、それから家を出て行ったんだと。さて、この一部始終を見た女のほうはびっくりしてしまって、この家の主人とふたりの若者たちが帰ってくると、自分が見たことを話したわけ。それを聞いた男たちは、よし明日の晩はおれたちが待ちかまえることにして、女がやってきたらつかまえてやろう、と言ったわけさ。女は次の晩もまたあらわれて、赤ん坊におっぱいをやった後、よっこらしょと立ちあがって食器棚のほうへ行こうとした。そこへ、この家の主人が飛びかかったんだが、床に転がされてしまった。でもなんとかふたりの若者たちが飛びかかって、女を押さえ込むことができたんだね。そこで女が語りだしたのは、自分は妖精たちにとらわれの身になってるから今夜もここに長居はできないということ、そして、赤ん坊のところへ帰ってこられるよう妖精たちが出す食べ物には手をつけてないんだということ。それから、妖精たちは初冬祭前夜（イーハ・サウナ）に一同うちそろってこの土地を去っていく段取りだが、馬に乗った妖精が総勢四百から五百騎で駆けていくなか、あたしは灰色の馬に乗って、ひとりの若者の後ろを駆けていくことになってる、とも語ったと。さらにまた、初冬祭前夜（イーハ・サウナ）に妖精たちの大群が通る橋のうえで待ち伏せをしておくれよ、と頼んだわけ。橋にさしかかったらあたしは馬の速さをゆるめるから、あたしと若い男めがけて何か投げつけておくれ、そうすればあたしと若い男は馬から地面に落ちる。それで助かるんだから、と。

こう言い終わると女は出ていったわけ。初冬祭前夜（イーハ・サウナ）には男たちが出かけていって、首尾良く女を連れ戻してきたということ。その後、この女は四人の子どもたちに恵まれて、そしてやがて死んでいったと。

最初に埋葬したのはこの女のからだではなくて、妖精たちが代わりに置いていったなにやらいまいましいものだったということだね。

「こういう話は信じないっていうひとたちもいるけど」、とこんどはおかみさんが口を開いた。「そういう衆には言いたいことを言わせておくがいいさ。不思議なことってのはじっさいに起こるんだからね。少し前のことだけど、下の村のある女が子どもといっしょに寝床へ入ったんだと。で、しばらく寝つかれないでいたら、窓のところへ何かがやってくる気配がして、こんな声が聞こえたんだと。

『いまから先はねんねの時間』、って。

朝になったら、子どもは死んでたんだと。島ではこういう死に方をする人間はたくさんいるわけさ。

溺死体で揚がった若者の埋葬がおこなわれた。この葬式は、僕がいままで出会ったなかでも最も異様な光景のひとつだった。その日、ひとびとが若者の家へ向かうすがたは早い時刻から見られたが、僕がおやじさんといっしょに午後の中頃に行ったときにも、棺はまだ扉口の正面に置かれていた。大勢のひとびとが見守るなかで、家族の男女が棺をぐるりと取り巻いて、棺を続けざまに叩いたり、哀悼歌(キーン)を歌いかけたりしていた。すこしすると、一同みなひざまづき、最後の祈りがとなえられた。そうして、死んだ若者のいとこたちが二本の櫂と短い綱を何本か用意した。家族の者たちは悲しみに打ちひしがれていて、そうした段取りに気を配る余裕がなかったようだが、そのうちに棺は櫂にゆわいつけられ、葬列が動きはじめた。老女たちは棺のすぐ後ろにつき従い、僕はたまたまその後ろにいたので、男たちの先頭集団に混じって歩くことになった。墓地へ通じるでこぼこ道が東に向かって下り坂になっているところを、赤い服をまとい、赤いペチコートをかぶって顔のまわりをウエストバンドで留めた、老女の一団が下りていくのを真後ろから見ると、不思議な趣きがあった。それにくわえて、棺の白と色彩の統一感が、ほとんど修道院めいた静けさをかもしだしていた。

前の章で報告した葬式のときには、墓地一面にワラビの新芽が芽吹いていたが、今日は枯れ草と丈高いシダの茂みがあたりをおおっている。この前の葬式では八十歳の老女を埋葬したのだが、今回は青春の盛りに命を落とした若者を見送らなければならないので、ひとびとの悲しみの質も異なっているようにおもわれた。そのことを反映しているのだろう、今日の哀悼歌(キーン)はなかば形式性を失って、故人の家族が個人的な悲しみを激しく表現する歌として朗唱されていた。

墓穴が掘られる場所の間近に棺が下ろされると、岩の間の灌木の茂みから長くてしなやかな枝が二本切りとられた。そして、その二本の枝で棺の長さと幅を測って、枝にしるしをつけた。こうして男たちの作業がはじまった。まず、地面の石をどけ、薄い土の層をはがして、そこに埋まっている古い棺を解体する。新しい棺をおさめるためである。土といっしょに黒ずんだ板や骨のかけらがたくさん掘り出されるのに混じって、頭蓋骨がひとつ見つかったので、平らな墓石のうえにぽんと置かれた。すると即座に、死んだ若者の老いた母親がその頭蓋骨を両手に抱えて、離れたところへ持っていった。そして、膝の上に頭蓋骨を載せて座りこんだ。彼女の母の頭蓋骨だったのである。彼女は、いままで聞いたこともないくらい激しく、甲高い声で狂おしい哀悼歌(キーン)を歌いはじめた。

朽ちはてた遺骸をふくんだ土が墓穴の脇にうずたかく盛り上がっていくにつれて、猛烈な臭気がたちのぼってきたので、男たちは二本の細枝で棺の寸法を何べんも確認しながら、急いで仕事をすすめた。穴がほぼじゅうぶんな深さまで掘りくぼめられると、老いた母親が棺のところまで戻ってきて、棺をくりかえし叩いた。左手には自分の母親の頭蓋骨を抱えたままであった。この最後の悲しみの場面にはとりわけ鬼気迫るものがあった。若い女たちは自分たちじしんの激しい悲しみに疲れ果て、石の間にほとんど横たわるようにしていたが、それでも間断なく身を起こして、おごそかな身振りで棺の板を叩くのだった。若い男たちも消耗しきっており、哀悼歌(キーン)を歌う泣き声がかすれていた。

すべての準備が整うと、棺をくるむ布を留めていたピンがとりはずされ、あらわになった木棺が墓穴のなかへ下ろされた。そして、ひとりの老人が木の器に入った聖水をとりだし、一握りのシダの葉をそこへひたして、周囲にあつまってきた会葬者一同に聖水を振りかけた。ひとりの老女がおどけたような声で、「トゥール・ゴム・ブリーン・エラ・ア・ヴァーチーン」(「マーチーン、もうひとしずく聖水をかけておくれ」)と訴えていたが、ほかの会葬者たちもみな熱心にできるだけ多くの聖水をかけてもらいたがっていた。

墓穴が半分ほど埋め戻されるまで見届けた後、僕は島の北の方へ歩いていった。そして、波打ち際で二頭のアザラシが追いかけっこをしているのを眺めた。やがて日がかげりはじめるころ、砂岬までたどりつくと、僕がいちばん親しくしている何人かの男たちが、地引き網のようなものを使って漁をしていた。単調で退屈そうな作業である。まず漁網をしかけ、しばらく待って、それから、八人の男たちが力を合わせて網を引きあげるという、リズミカルだが緩慢な作業の一部始終を、僕は砂浜に座りこんで長いこと眺めていた。

彼らは僕に話しかけ、密造麦焼酎（ポチーン）を飲ませてくれたばかりか、腹が減ってるだろうとパンまでふるまってくれたのだが、そうしている間じゅう、僕は、死の裁きが確定している男たちと語りあっているのだという思いがこみあげてきてしかたなかった。この男たちはみな、何年かしたら、海で溺れて真っ裸の死体となって岩場に打ち上げられるか、さもなくば、ちっぽけな家で息をひきとった後、いま見たばかりのものすごい光景と同じ場面を墓地でくりかえしつつ、埋葬される運命を背負っている。そのことを僕は知っているのだ。

今朝目が覚めたら、家のひとびとがみなミサに出払ってしまっていて、食堂兼居間（キッチン）の扉の鍵が外から閉められていた。扉を開けられないから外の光をとりこむことができず、薄暗い家のなかで過ごさなければならなかった。

暖炉の脇に腰掛けて、かれこれ一時間ほどぼんやりしていたら、自分がこのちっぽけな家のなかでひとりぼっちなのだという奇妙な感覚にとらわれた。ここではいろんなひとたちといつもいっしょに過ごすことに慣れきっていたので、この部屋で人間がこんなふうにひとりきりで暮らすことがありえるなんて、考えたこともなかった。暖炉の火のわずかな明かりで、天井裏の垂木と灰色の壁がようやく見わけられるこの部屋で、僕はしばらく待ちぼうけていたのである。そうするうちにむしょうに悲しくなってきた。というのも、世界のこの片隅には、そして、その片隅に住むひとびとには、平穏と気高さがそなわっているというのに、僕たちよそ者はそれらから永遠に閉め出されてしまっている、と感じたからだ。

こんな物思いにふけっていたところへ、おかみさんがあたふたと帰宅して、二人分の食事をつくりはじめた。僕と、おかみさんに少し遅れてやってきた、雨と波しぶきでびしょぬれになった若い神父さんのためである。

この助任司祭はこの島と南のイニシーアの二島を担当しているが、骨が折れるうえに危険がともなう激務である。彼は、海がひどく荒れていないかぎり、毎週土曜の夜にこの島かイニシーアへやってきて、翌朝いちばんに日曜のミサをおこなう。それが終わると飲まず食わずのままもう一方の島へ舟で渡してもらって、こちらでもミサをおこなう。したがって、この神父さんがそそくさと朝食をとることができるのは正午ごろになってしまう。そしていよいよアランモアへ帰っていくことになるが、行き同様、帰りも荒れ模様で危険な船路となることがしばしばである。

二、三週間まえの日曜のこと、家の外に寝そべって、陽光を楽しみながらパイプをふかしていたら、この助任司祭――このひとは親切心とユーモアあふれる人物だ――が、波しぶきでびしょぬれになり、くたびれ果てたようすで、この日最初の食事をとるためにこの家へやってきた。そして、僕のほうをちょっと見て、小首をかしげながらこう言った。

「やあ、あなたは今朝、聖書はお読みになられましたかな」、と。

僕が、いやあ読みませんでした、と答えると、

「そうですか、いやはや、シングさん、もしあなたがですね、万が一の話ですが、天国へいらっしゃることになったらですね、わたしどものことをさぞかし大笑いなすって旅立っていかれるのでしょうなあ」、と神父さんは言った。


島人たちはおたがいどうし、また子どもたちにたいしても、とてもおもいやり深いけれど、動物たちの苦痛にたいしてはまるで同情心がないし、他人の苦痛にたいしても、それが命にかかわるほど重大な事態ででもないかぎり、ほとんど同情心をしめすことがない。歯痛のために身をよじり、うめき声をあげている娘を、暖炉の反対側に腰掛けた母親が指さして、そのようすがおもしろくてたまらないと言わんばかりに大笑いしているのを、僕は何度か見たことがある。

二、三日前、マッキンリー大統領の暗殺事件についておしゃべりしていたとき、僕はアメリカ式の殺人犯の処刑方法について説明をした。すると、ひとりの男が、その大統領殺しの下手人は死ぬのにどれくらいかかるのかな、と僕に尋ねた。
「そうだな、指をぱちんと鳴らすうちにもう死んでるよ」、と僕は答えた。

するとその男は、「そうかい、だったらわざわざ電線なんぞ使わんで、絞首刑にしたほうがいいんじゃないかね。王様や大統領を殺そうってくらいの奴だったら、つかまりゃ死刑だくらいのことはわかってるはずで。だとすればさ、簡単に死なせちまったら、せっかくその下手人が自分の犯した罪の代わりに差し出しとるもんを、タダで返してやるようなもんでしょう。三週間くらいかかって、ゆっくり死んでいくようにしてやるのがちょうどいいのさ。そうすりゃ、そんな悪さをしようという奴は減るだろうからね」、と言った。

舟揚げ斜路（ボートスリップ）にみんなで集まって、汽船が来るのを待っているようなときに、二匹の犬が咬み合いをはじめたら、島の男たちは大喜びで、その闘いが熾烈さを保ったままなるべく長続きするように、せっせと囃したてる。

ロバにしても、勝手にさまよい出ないよう、頭を脚とひとからげに縛ってしまう。ロバの苦痛を想像しただけでぞっとする。あるいは、民家へ立ち寄ってみたら、その家の女たちが総出で生きたアヒルやガチョウの羽をむしっている場面に遭遇したことも、何べんかあった。

島人たちは、自分じしんが苦痛を感じているときには、その感情を隠そうとか自制しようとか試みることはない。冬の間病気だったある老人が、このまえ僕をわざわざ外へ連れ出して教えてくれたのは、こともあろうに、「割れるような頭痛を抱えておったとき」自分の叫び声がどれほど遠くまで聞こえたかという、到達地点であった。

今朝は大荒れの空模様だったので、断崖の上にある石積みの風除け椅子まで行って腰掛けていた。この風除け椅子は、難破船の破片などが島へ漂着するのを見張るために、島人たちがこしらえたものだ。まもなく羊番の少年が西のほうからやってきて、長話がはじまった。

少年はまず、しばらくまえにおこったという、イニシーアへ向かう途中で若者が溺死した事故のことを話してくれたが、彼の話は僕がそれまで聞いたなかで、はじめて一貫した筋のとおった説明だった。

「南のイニシーアからこっちの島へ何人かでやってきて、馬を何頭か買って帰るっていうんで、一本マスト船（フッカー）に積み込んだわけ」、と少年は語りはじめた。「で、むこうの島へついたときに馬たちを綱で引いて浜まで上げなきゃならないんで、島カヌー（カラッハ）一艘と漕ぎ手が必要になったわけさ。それで、ひとりの若い兄ちゃんが、オレが行ってやるよ、って申し出たから、その兄ちゃんに綱を渡して、一本マスト船（フッカー）の後ろに兄ちゃんの島カヌー（カラッハ）をつないで曳航していったということ。瀬戸まで出ると強風がきたからね、荒い波を乗り切るために島カヌー（カラッハ）の兄ちゃんは舟の向きを変えようとしたんだけど、一本マスト船（フッカー）に引っ張られてたもんだから思うようにいかなかった。そのうちに舟には水がどっぷり入っちまったってわけさ。

一本マスト船（フッカー）の衆はそれを見て、ああしろ、いや、こうしたほうがいい、って騒ぎ出したけども、だれもどうすりゃいいのかわかっちゃいなかった。それで、なかのひとりが綱をつかんでたひとに向かって、『その綱いますぐ離せ、さもないと島カヌー（カラッハ）沈むぞ』と叫んだわけ。そう言われたひとが綱の端を海へ投げ込んだときには、島カヌー（カラッハ）はすでに半分くらい水没して、たぶん櫂も一本しかなかったんだとおもうね。そこへざんぶりと波ひとつ襲いかかって、みんなが見てるまえで舟は沈んで、若い兄ちゃんはおろおろ泳ぎまわっていたんだと。そこで一本マスト船（フッカー）は帆を下ろして、その兄ちゃんを救い上げようとした。けど、ようやく帆を下ろし終えたときには遠く離れすぎちまったんで、もういっぺん帆を上げて、泳いでる兄ちゃんめがけてジグザグに戻っていったわけ。兄ちゃんは同じあたりを泳いで、泳いで、泳ぎ回っていたんだけど、船が戻ってくるまえにいっぺん、二へん沈んで、三べん目にはもう浮かび上がってこなかったって。」

その若者が死んだ後、島で彼を見たひとはいるのかな、と尋ねてみた。

すると、「いや、いないね」と少年は答えた。「でも、不思議なことはいくつかあった。あの日、その兄ちゃんが海へ漕ぎ出していく前、飼ってた犬がやってきて、岩場に立つご主人さまの脇におすわりして吠え始めたわけさ。それで舟揚げ斜路（ボートスリップ）まで馬たちが追い立てられてきたとき、なかの一頭に、しばらくまえに溺れ死んだ自分の息子がまたがってるのを見たおばあがいた。でも、おばあはそのことを黙っていた。で、例の兄ちゃんが馬を捕まえたんだけど、まずさいしょに自分の馬を、その次にその、死んだ息子の乗ってた馬を捕まえて、その後海へ乗りだしていって溺れ死んだわけさ。二日後のことだけど、その兄ちゃんの死体が砂岬(キャンガニャヴ)に揚がって、平地にある家まで運ばれて、島モカシン(バンプーティ)を脱がされて、その脱がされた一足が釘にひっかけて乾かされてるっていう夢を、オレ見たんだ。きっとあんたさんも聞いたことあるとは思うけど、じつは後になってその兄ちゃんのホントの死体が揚がったのがこの砂岬(キャンガニャヴ)だったんだよ。」

「ここのひとたちは犬が吠えるのはいつも不吉な知らせだと思ってるわけかな」と僕は尋ねた。

　すると少年は答えて、「犬が吠えるのを聞くのはみんな好きじゃない。犬が岩のいちばん高いところで天に向かって吠えていることがよくあるけど、島の人間は、あれはだいっきらいさ。それから、雄鶏とか雌鶏が家のなかのものを壊すっていうのも嫌い。だれかが去っていってしまう前兆だからね。この冬にあそこの下の家に住んでただんなさんが死ぬちょっとまえのことだったけど、そこんちのおばさんが飼ってた雄鶏がべつの雄鶏とけんかをはじめてさ。その二羽が食器棚の上まで飛びあがった拍子にランプの火屋をたたき落としたもんでね、床に落ちてこなごなに割れちまったわけ。おばさんは自分の雄鶏はすぐとっつかまえて絞めたんだけど、けんか相手のほうは隣りの家のおじさんが飼ってた雄鶏だったんで手が出せなかった。おばさんのだんなさんが病みついて死んじまったのは、それからじきのことさ。」

　この島で妖精の音楽は聞いたことあるかな、と僕が尋ねると、

「ちょっとまえに学校でそのことを話してるやつらがいたよ」と少年は答えた。「そいつらの兄ちゃんたちともうひとりのひとがいっしょに、朝すごく早い時間に釣りに出かけたっていうんだけどね。二週間まえのことさ。砂岬（キャンガニャヴ）の近くまで行ったら間近なところから音楽が聞こえてきて、それは妖精たちが奏でる調べだったんだと。ほかにもこんな話を聞いたことがある。あるとき、三人の男が夜、島カヌー（カラッハ）で漕ぎ出していったら、でっかい船がこっちへ向かってくるのが見えたんだと。で、びっくりした三人は、ぶつかるのをさけようとしたんだけど、でっかい船はごんごん近づいてきたもんで、ひとりがくるっと振り向いて十字を切ったわけさ。そしたら、そのでっかい船はふっと消えたっていうこと。」

さらに少年はべつの質問に答えて、こんなふうに語りつづけた。

「ここじゃあ妖精たちといっしょに行っちまうひとたちもよくいるんだ。一年前のことだけど、ひとりの若父ちゃんが死んでね。この若父ちゃんが夜更けになると弟たちの住んでる家の窓のとこへやってきて、眠ってる弟たちへ窓越しに話しかけてきたんだって。若父ちゃんは結婚して何年もたたないうちに死んじまったんで、自分の一人息子に土地を継がせるとりきめをしてなかったことを夜な夜な悔やんで、土地はオレの息子が継がなきゃなんねえんだって、いつも言いつのっていたわけ。べつの晩には、雌馬のことを気に病んで、蹄はだいじょぶか、蹄鉄をつけてやんなきゃなんねえだろ、って言ってたんだと。ちょっとまえのことだけど、その若父ちゃんが革長靴(ブローガ・アーダ)履いて、新しい服着て、道歩いていくのを、赤毛のパット(パッチ・ルア)が見たんだと。そのあと、べつのとこでもおんなじすがたをふたりのひとが見たんだって。」
すこし沈黙した後、僕たちの眼下に見える場所を指さしながら、「あそこの切り立った崖、見える」、と少年はつづけた。「妖精たちが夜、ボール遊びをするのはあそこ。朝行ってみると足跡がついてるのが見えるよ。それから、ラインがわりに置いた三つの石もあるし、もうひとつ大きい石もあって、そいつはボールをバウンドさせるためにつかうんだ。男の子たちがよくいたずらして三つのライン石をどかしておくんだけど、翌朝には必ずもとの位置に戻ってるわけ。ちょっとまえのことだけど、あそこの土地をもってるおじさんが大きい石のほうをごろごろころがして、崖っぷちから落としておいた。ところが、翌朝見たらもとの位置に戻ってたってこと。」

僕はまたイニシーアへやってきている。物語や歌をすごくたくさん知っているおじいたちと知り合いになった。歌のばあいは、しばしば英語とアイルランド語の両方で歌ってくれる。今日、アイルランド語を書くことができる島の物知りにいっしょに来てもらって、おじい仲間のひとりの家を訪問した。そして、物知りの力を借りていくつかの演目を筆記し、ほかのものは耳で聞きとどめた。これから紹介するのは、おじいがまだ調子が乗ってくるまえの、最初のほうに話してくれた物語である。逐一書きとめはしなかったが、だいたいこんなかんじの話だった。

チャーリー・ランバートという名前の男がおってね、競馬に出ると必ず一等賞になっておったわけ。

しまいにその地方のひとびとはみんな腹に据えかねて、こんな法律をつくったんだね。この男が競馬に出ることまかりならん、もし出場したならば、その現場を見た者はこの男を撃ち殺してよろしい、という法律。さて、この法律ができた後のことだけど、この地方のひとりの紳士がイングランドへ行ってね、あっちのひとたちとしゃべっておるときに、アイルランドの馬がなにしろいちばんだと、この紳士が言ったわけ。すると、イギリスの連中は、イギリスの馬こそいちばんだと言い返して、そんなら競走してみようということになって、イギリスの馬を何頭かこっちへ運んでアイルランドの馬と勝負させようという話になったんで。そこで例の紳士は、この競走に全財産を賭けたってこと。

それで、紳士はアイルランドへ帰ってくるとチャーリー・ランバートを訪ねて、わたしの馬に騎乗してくだされ、と頼んでみたら、チャーリーは、そいつぁできねえ相談で、そんなことすりゃ命が危ない、と答えたわけ。そこで、紳士が、じつはかくかくしかじかでわたしは全財産をわたしの馬に賭けてしまったのでござる、と打ち明けたところ、チャーリーはついに、その競走はどこで何日の何時にやるんですかい、と尋ね、紳士は場所と日時を教えたんだと。

さて、ランバートが言うことには、「それじゃあその日に、ここから競走会場まで、おもがい、くつわ、手綱に鞍をつけた馬を、七マイルおきに用意しておくんなせえ、そうしてくれたらあっしはだんなの馬に乗りやしょう」、と。

紳士が帰ってしまうと、チャーリーは服を脱ぎ捨てて寝床へ入り、医者を呼んで、やがて医者がやってくる物音を聞きつけるや、寝床のうえで両腕をぶんぶん振り回したわけ。熱が出て脈拍が早くなっとるな、と医者に思いこませようという作戦で。

医者はチャーリーの脈をとって、あしたまで安静にしておること、あしたまた来て様子を見るでな、と。

翌日もまた同じこと、次の日もその次の日も、競走の日まで同じことを続けたわけ。で、いよいよ当日にもチャーリーは自分の脈をどっきんどっきん打たせたもんで、医者は、こりゃあずいぶん重態であるぞ、とおもった。

「チャーリー、わしはこれから競馬を見に行ってくるが、夕方、帰りがけにまた寄ってみるで、養生してずっと安静にしておれや」、と医者は言ったと。

医者が行ってしまうと、チャーリーはすぐに跳び起きて愛馬に跨ると七マイル突っ走って、最初の馬に乗り換えたわけ。それでまた七マイル走って次の馬に乗り換えて、また七マイル走って、というぐあいに競走会場まで到着したということ。

島の騎手

そして例の紳士の馬に騎乗して、競走に勝ったわけ。大観衆が見守るなかを堂々優勝したもんで、見ておった衆はみな、あれはチャーリー・ランバートだ、さもなきゃあれは悪魔のしわざか、あんな具合に馬をあやつれるやつはほかにいないぜ、なぜって、いったんは不利な展開になったのに見事巻き返して、さいごにゃ勝ちをかっさらっていったんだから、と口々に言ったんだと。

競走が終わると、ランバートは待っておった馬に飛び乗って七マイルを駆け抜けたと。そこで馬を乗り換えてまた七マイル、また七マイルと駆けていき、さいごに自分の馬で七マイル駆けて家までたどりつくと、着ていた服を投げ捨てて、寝床に横になったわけ。

しばらくすると医者がまたやってきて、今日見たばかりの競走はとにかくすごかったぞ、と話してきかせたってこと。

その翌日には、あの勝ち馬に乗ってたのはチャーリー・ランバートだったよな、という噂が立った。それで審問がおこなわれたんだが、医者が、チャーリーはあの日寝床にふせっておりまして、競走の前と後の両方、わしはそれを確認しとります、と証言したおかげで、紳士は全財産をすらずにすんだっていう話だね。

この後、おじいはもうひとつ似たような妖精騎手（フェアリーライダー）の物語を語ってくれた。こっちの話では、全財産を失って最後の一シリングを握りしめた紳士に、妖精騎手が出会い、その一シリングをくれとねだる。求められるままに紳士が一シリングを渡すと、その赤毛で小男の騎手は紳士のために馬を駆って競走に出場し、賭け金を二倍にしたほうがいいときには赤いハンケチをひらひら振って教えてやった。そのおかげで、紳士は金持ちになったという話である。

それから、おじいは英語で一編の驚くべき狂詩（ドツガレル）を朗唱した。その詩をこれからお目に掛けるつもりだが、どうにか書きとめてはみたものの、奇妙でつじつまの合わない代物である。この詩は、おじいの主唱によって聖歌を詠唱するようにほかのおじいたちも唱和したのだが、とくに音数が不規則な行にさしかかったときには叙唱（レチタティーヴォ）の型枠にむりやりはめ込もうとして、おじいたちの合唱隊はじつに楽しげに語呂をごまかして歌い回していた。朗唱のあいだじゅう、主唱担当のおじいは身体を蛇のようにくねらせていた。その動きは歌とぴったり一致しているように見えたので、歌そのものがおじいの一部であるかのように思われた。

白馬

わが馬はいまや白馬となりにけり
ところが昔は栗毛の馬で

夜に昼を継いで
駆けるのが得意
　大喜びでパッカパカ。

でっかい旅を数々こなし
その半分さえ語り尽くせぬ。
なにしろアダムが楽園を
追われたその日に乗ってたのがこの馬。

バビロンの平野では
金盃競って全速力。
その明くる日は狩りに出た。
背にまたがるは大ハンニバル。

そうかとおもえば狐を追って
野を駆けていたことだってある。

ナブカドネザルが牡牛のすがたで
草を食べてた時分の話。

　これにひきつづいて、馬はノアの方舟に乗り込み、モーセがその背にまたがって紅海を越える。
その後に、さらに以下の詩行がつづく。

わが馬がエジプトの王ファラオとともに
ありし時、幸運の女神ニッとほほえみ、
ファラオは馬の背に堂々と、
ナイルの楽しき土手をお散歩。

イスラエル初代の王たるサウルとともに
ありし時には辛酸なめたが、
ダビデ王がゴリアテを倒したその日に
ともにいたのは何をかくそうわが愛馬。

ここから先の二、三連では、ユダ族の祖であるユダと偉大なる愛国者マカバイオスとともにいる馬、さらにペルシャのキュロス大王とともにいる馬が歌われた後、馬はふたたびバビロンへ戻ってくる。その次に僕たちが目撃するのは、トロイの都へ突進する馬のすがたである。

(原文欠落）がトロイへ来たが、
わが馬をふと見つけたのがもっけの幸い、
城壁をひらりと飛び越え
城内にまんまと入った。

＊　＊　＊

わが馬にまた出会ったのはスペインで、
馬なりの男盛りの花盛り、
大ハンニバルを背に乗せて
アルプス越えてめざすはローマ。

馬が背高けりゃ

アルプスも高い。
大ハンニバルが馬から落ちて
うっかり片目をつーぶした。

さらにこの後、馬は若き将軍スキピオを乗せたかとおもうと、デーン人をアイルランドから追い
払うブライアン・ボルーの愛馬となり、オーリムの戦いでサン・ルト侯爵があわれ落馬したのは
この馬の背からであり、リメリックの包囲戦では知将サースフィールドを背に乗せた。

ジェームズ王がアイルランドに
渡ったときにもお供をしたが、
ボイン川の激戦が終わりを告げたそのときにゃ
ついに無傷じゃいられなかった。脚に残るは名誉の負傷。

ウォータールーの名高きいくさで背に乗ったるは
世に偉人多いなかでもとびきり偉い
かの勇敢なダニエル・オコンネルそのひとだった。

これホント、ウソは言わない。

＊＊＊

勇敢ダン吉、背に乗せて
われらが名馬は完全復活喧嘩上等、
保守党(トーリー)どもを蹴散らすまでは
だれもあいつを止められないのさ。

この長たらしい詩はいかにもグロテスクな代物だが、すでに述べたように、炉辺で老人の低い声によって口ずさまれたとたん、ある種の実在感がたちあがってくる。この詩は、島では名作の誉れ高い作品なのだ。歌ってくれたおじいじしん、この詩を僕が活字にすることを期待している。おじいが言うには、島でこの詩を知っているのは自分ひとりだけで、本土でも誰も聞いたことがないはずだから、このまま世界から消滅するにまかせてしまうのは、いかにももったいないというのである。おじいはまだほかにも同種の狂詩を二つ三つ伝承していたが、書きとめぬままにしてしまった。

英語の歌もアイルランド語の歌も、歌い手本人が理解できない単語を多く含んでいる。歌っている最中に歌の速度が遅くなるところは、たいてい歌詞の記憶があいまいな部分である。

今日は午前中ずっと、岩場で出会った少年といっしょに乙女髪羊歯（メイドンヘア・ファーン）を掘り採っていた。この少年は、一週間前父親が心臓の痛みを訴えた後急に死んでしまったので、悲しみにうちひしがれていた。

「世界中の黄金を積まれたって、父さんには死なれたくなかった。オレんちはいま寂しさと悲しみのどん底さ」、と彼は言った。

さらに少年は、海軍に入って汽船の汽罐夫をしている兄ちゃんが、父さんが死ぬすこし前にたまたま帰ってきてたんで、兄ちゃんが有り金はたいて、お客さんにふるまうお清め酒やタバコもふんだんに用意して、立派な葬式をだしてくれたんだ、とも打ち明けた。

「兄ちゃんは世界中まわってるからね、すごい不思議なものもいっぱい見てる。イタリアとかスペインとかポルトガルとかから集まってきたひとたちのことを話してくれたんだけど、みんながしゃべってることばって一種のアイルランド語なんだってね。英語じゃないって、ぜんぜん。兄ちゃんにはところどころしかわかんないらしいけど。」

岩の裂け目だけに生える乙女髪羊歯（メイドンヘア・ファーン）の根をじゅうぶん掘り採ることができたので、僕は少年に小銭を与えて家へ帰らせた。

アイルランド語の詩を語って聞かせてくれるおじいに、彼が語ってくれた詩のいくつかをためしに英訳してみせたところ、思いのほか喜んでくれた。

おじいが言うには、わしゃあんたさんが訳した詩をいつまで聞いてても飽きることはないし、だいいち、わしが暗唱した老いぼれの腰折れよりもあんたさんの訳詩のほうがずっと上等だよ、とのこと。

ここにひとつ披露してみよう。アイルランド語にできるだけ近づけるよう苦心して訳をつくってみた。

リカード・モア

不運の上に破滅の悲しみ、いっそ重ねて受け止めよう。
拒んでみても悔しさにいっそう苦しむだけだから。
わが悲しみと痛みと嘆き、
離れて暮らせぬものだから。

もとはといえば妖精どもが
おれの財産いっさいがっさい
盗んだうえにあきたらず、さすらい暮らしを押しつけた。

ルア修道院村（マナスター・ナ・ルア）でこのおれに
極悪非道をはたらいたのは
フィン・ヴァラ、彼奴を頭目とする妖精どもの一味のしわざ。
おれのかわいい牝馬攫（さら）い、残ったものはずだ袋ひとつ。

ああせめて馬の皮でも残してくれりゃ
タバコの三月分も買えようものを、
馬の代わりに置いていったものは
こともあろうに長老派教会の老いぼれたひとりの牧師（オールド・ミニスター）。

これが嘆かずにおられようか。
公債証書も現金もみんな愛馬といっしょに消えた。

愛馬の代金未払いなのに。
わが悲しみと痛みと嘆き。

丘も谷間もくまなく捜し、
アイルランドでいちばん高い
砦の山にも登ったが、
愛馬は影も形もなくて、おれの嘆きはおさまりゃしない。

おれは朝、起き出して
パイプに赤い火を点けて
秤山（クノック・マー）まででかけていって
愛馬を返してもらおうとした。

おれはやつらにこう言った。
やいやいおまえら、行いただせ
おれのかわいい牝馬を返せ

さもなきゃおれは正気を失う。

「リカード・モアよ、聞いてっか
おまえの牝馬はここにはおらんぜ
焼き枯れ谷（グレナスモル）で
かれこれ三月、妖精たちと暮らしているぜ。」

おれは急いで走って歩いて
街道筋をいちもくさん、
お天道様が沈む前には
焼き枯れ谷（グレナスモル）に着きにけり。

おれは妖精にこう言った。
やいやいおまえ、行いただせ
おれのかわいい牝馬を返せ
さもなきゃおれは正気を失う。

「リカード・モアよ、聞いてっか
おまえの牝馬はここにはおらんぜ
昼飯砦山（クノック・バリー・ブリシュローン）で
かれこれ三月、音楽好きのひとりの騎手と暮らしているぜ。」

またもやおれは走って歩いて
街道筋をいちもくさん、
夜のとばりが落ちると同時に
昼飯砦山（クノック・バリー・ブリシュローン）に着きにけり。

さて見渡せばたいした人混み
このにぎわいはほかでもない
世界中から集まったコトバの織り手、語り上手が大集合
失せものの消息尋ねに、こりゃもってこい。

「リカード・モアよ、聞いてっか
おまえの牝馬はここにはおらんぜ
そいつを探しているのなら、焼き入れ山の
宮殿の裏手のいちばん端っこにいるぜ。」

またもやおれは走って歩いて
街道筋をいちもくさん、
いっぺんたりとも休まず止まらず
めざす宮殿の玄関前に着きにけり。

さて見渡せばたいした人混み
このにぎわいはほかでもない
津々浦々から集まった男と女が大集合
飲めや歌えや踊れやの、大パーティの真っ最中。
アーサー・スコル（原文疑問アリ）が立ち上がり

音頭をとってダンスをはじめた。
わくわくと、心もかるく、身もかるく、
ところがおれは悲しい身の上、いっしょに踊ってる場合じゃなかった。

すると一同、つま先立ちでずらりと居並び
おれに向かって笑いを浴びせた——
「リカード・モアをみてごらん
かわいい牝馬を探してるんだと。」

おれは男にこう言った。
みにくい猫背のやつだった。
やいやいおまえ、牝馬を返せ
さもなきゃおまえの身体の骨を、三本に一本へし折ってやる。

「リカード・モアよ、聞いてっか
おまえの牝馬はここにはおらんぜ

東部地方（レンスター）のアルヴィンで
端綱をつけられパッカパカ、おいらのおふくろを乗っけているぜ。」

またもやおれは走って歩いて
東部地方（レンスター）のアルヴィンの地に着きにけり。
ところがあいつのおふくろは
おれの話にけんもほろろ。

こっちが話し終えたとみるや
こともあろうに英語で反撃――
「なにばか言ってんだ、ごろつきめ
尻尾からげてとっとと出て行け。」

「老いぼればあさん、聞いてるかい
おれに英語はやめとくれ
おれに聞かせるつもりなら

みんなのコトバでしゃべっておくれ。」

「それじゃあおまえに教えてやろう、
来るのがちっと遅かったってことさ。
あれはきのうのことだがね、おまえの牝馬の皮はいで、
コナル・カフにつくってやったよ、狩り用の革帽子。」

おれはたまらず走って歩いて
寒くて汚い道をとぼとぼ
ルア修道院村（マナスター・ナ・ルア）に着きにけり。
道ばたに寝ころんでたのは妖精野郎、口を開いて言ったのがこれ――

「牝牛がいなくちゃかわいそう
羊がいなくちゃかわいそう
でも馬がいなくちゃかわいそうじゃすまない
いくらなんでも馬なしじゃあ、人間長くは生きられまいから。」

今朝、僕は海に近い岩場に長時間寝そべって、頭巾ガラスが岩の上に貝を落として割っているのをずっと見ていた。すると、なかに一羽、白くて大きななにかをなんべんも岩の上に落としているのだが、その物体がいっこうに割れる気配がないことに気がついた。僕は、その白い物体が落ちたところへ石を投げてカラスを追い払おうとしたが、さすがにカラスのほうがすばしこくて、僕がもたもたしている間に、いつもその白い物体をくわえて飛び去ってしまうのだった。ところが、ついに、僕の投げた石がカラスに命中せんばかりの間近に落ちたので、カラスは飛び去った。大急ぎで岩を這い下りて行ってみると、驚いたことにその物体はすりきれたゴルフボールだった。このボールは、さほど遠くない本土のクレア州のゴルフ場からどうにかしてここまでさらってきたものに違いない。頭巾ガラスは根気よく午前中の半分ほどを費やして、このボールを割ろうとしていたのである。

その後、僕はひとりの若者と長話をした。彼は近代的な生活についてあれこれ知りたがったので、僕は最近聞きかじったばかりの、株式取引所における手の込んだ駆け引きや買い占めのやりかたについて説明した。じっと聞き耳をたてていた彼は、僕が話したことの中味を完全に理解すると、たいそうおもしろがって歓声をあげた。

そして、ふたたび物静かになって、こう言った。「それにしても、そういう裕福なお方たちがオレたちとおなじ悪党だっていうのは、大いなる不思議だね」。

例の物語上手のおじいが、鷲と闘った男についての長い詩を語って聞かせてくれた。この詩の韻律には不規則なところがあり、意味不明の部分もいくつかあったが、村の物知り先生の助けを借りて翻訳を試みた。

フェリムと鷲

朝目が覚めたら憂鬱だった。
あれは日曜のことだった。
おいらは革の深靴はいて
ティアニーの
死者の谷まででかけていった。
そこでおいらは、でっかい鷲と鉢合わせ、
真っ黒い泥炭積んだ山みたいに、堂々と鷲はそそりたってた。

おいらはそいつに呼びかけた、やい、田舎っぺの大馬鹿もん、
おまえのかあちゃん女だな、そんでとうちゃん大馬鹿もん、
この国一の悪党一門、クレオパス家のやくざもん、
いいか、おいらの七つの呪い、これから言うから受けてみよ。
とびっきりいい声で鳴く、おいらのかわいい雄鶏を盗んだ野郎だ、
こら、おまえ、もう金輪際幸せな日はおとずれないと思い知れ。

「おまえこそサカリのついた雄鶏じゃないか、
ワシのこと、おおげさに呪うはやめたがよい。
わが比類なき力にかけて誓って言うが
おまえから地代をとったおぼえなど、ワシは断じてありゃせん。
鳩焼きを食わせるというふれこみの
おまえの店で何を出したか、ワシは知らんが、
常連客の商人どもから、おまえがいつも重宝がられていたのは知っとる。
ぐずぐずせんと家へお帰り、

帰ってノラにこう聞いてみよ。
あの雄鶏の頭を茹でた若い女の名前はなあに、と。
雄鶏のあばらに生えてた羽毛はみんな、炉床で灰になっておる。
みんなで雄鶏食ったはいいが、あんまりうまくはなかったもんで
みんなたいして感謝しちゃおらんさ。」

「やいやい、こいつ、大嘘つきの泥棒ワシめ、
みんなは雄鶏食ってない、
味だって感謝されない代物じゃない。
きのう雄鶏盗ったのはおまえだ、
ノラが言うんだから間違いないぞ、
この四半期が終わるまでには、きっと代金とりたててやる。」

「フィアナ騎士団の面々を死者の国へと見送るまえは
ワシは立派な若鷲じゃった。
そのワシが、盗みなぞするわけがない。

若鷲じゃった時分からわが得意とする技能を言えば、
呪文に武芸、盗みではない。力自慢のゴル・マック・モーナと
試合で技を競い合ったワシじゃ。
そのワシをおまえは悪党呼ばわりする。年老いたワシになんたる仕打ちじゃ。」

「いいかよく聞け、おいらはな、おやじが遺した
長持ち箱の底にあった、書物を一山持っているんだ。
読んだときには涙るいるい、
歴史の本をひもといておまえの素性がわかったぞ。
赤い巨魁（ダラグ・モア）のせがれがすなわち、おまえのことだ。
おいらと勝負がしたいなら、後から後悔させてやるぜ。」

鷲が身を固めたるのは、剛毅なる武人（もののふ）具足、
ふさわしき武具一式と晴れの衣装、
もてる剣は無双の名剣、
鋭さにかけてはならぶものなし。

それにひきかえおいらの武器は、大鎌一丁掻い込んで
着古したシャツ一枚のほか衣装もなし。
われらふたり、朝も早うから向かい合いたり。

われらはさながらふたりの巨人、
山あいの峡谷のなかの平地にて激しく刃（やいば）を交わしたり。
はじめのうちは両者互角の戦いにて、
くんずほぐれつの互いの腕に、振り下ろされる互いの刃、
もはや日も暮れ鳥目の鷲が、やむなく闘いを放棄するまで、
激闘の轟音は、ひがな一日とどろき渡った。

翌朝、おいらは鷲あてに
「挑戦状」を書いて送った、
夜明けに闘いはじめられるよう遅れず確かに来られたし、と。
決め手となったは忘れもしない、おいらが見舞った二発目のパンチ、
そいつがあいつのあご骨に命中、あいつはあえなくダウンした。

ウソは言わない、あいつの頭に黒雲一面垂れ込めたのさ。

やがて、鷲は立ち上がり、
おいらに握手し、こう言った――
「おまえこそ、わが生涯に出会ったなかでもいちばんの勇者、
意気揚々と帰館せよ。わが祝福は永久におまえとともにあるだろう。
おまえこそ、最後の審判が来るまでアイルランドの名誉を救った男。」

さあさあ、聞いたか、ご近所の諸君、
心正しき無敵の男、フェリムさまの武勇譚を。
世にもおそろしき巨大な怪物、大鷲のあごを
二発目のパンチで砕き、みごと倒した。
大鷲は倒れたその後、
二日二晩寝込んじまって、
起きあがろうにも起きられなかった。

アラン三島のひとびとについて、われながらずいぶんよくわかってきたように思う。だがそれでも、彼らの生活をみているとほとんど毎日、その未開な特徴にあらたに気づかされる。

きのう、ある家に立ち寄ったところ、その家のおかみさんがとても無頓着な身なりで作業をしている最中だった。彼女は、僕がその家のだんなさんと話しはじめるのを待ってから部屋の片隅へ立っていき、洗いたてのペチコートに着替え、鮮やかな色のショールを首に巻いた。このお色直しの後、彼女は戻ってきて、炉辺のいつもの椅子に腰掛けたのだった。

今晩はべつの家を訪ねて、かなり遅くまで話し込んだ。一人っ子の幼い少年が眠たがりはじめると、その家の年老いた祖母がその子を膝に乗せて、歌を歌いはじめた。そして、子どもがうとうとしてくると、こんどは一枚ずつ服を脱がせ、子どもの身体中をくまなく爪でやさしくひっかいてやり、水瓶から汲んだ少量の水で両足を洗ってやってから、寝床に寝かせた。

泊まっている家への帰り道は風が強く、僕の顔に砂粒を吹きつけてきたので、方向を見定めることができないくらいだった。僕は帽子を口と鼻に当て、片手で目をかばいつつ、足先で砂浜の岩やら穴やらをたしかめながら、おそるおそる先へ進んだ。

さて一夜明けて、今日は午前中ずっとひとりの老人のところで過ごした。このおじいは、家で使うロープを麦わらで綯（な）う作業をしながら、いろんな話をしてくれた。若いころには水先案内人をしていたそうだ。はじめのうちはドイツ人やイタリア人やロシア人のことや、さまざまな港町の暮らしなどについて、僕たちはおおいに語りあった。そのうち、おじいの話題はイニシュマーンのことへと移っていき、こんな話を語ってくれた。この話は、イニシーアとイニシュマーンとの間によこたわる興味深い嫉妬の感情を物語っている。

大昔のこと、わしらは異教徒でしてな。そこへ聖人様がたがやってこられて、神様のことやこの世界の創造のことやらを教えてくださったわけで。中島（イニシュマーン）の衆は最後まで火を拝んだり、なんですな、昔のいろんな習慣を後生大事にしておったのですが、けっきょく、ひとりの聖人様が島の衆のなかへ入っていかれまして、連中もようやく聖人様のお話に耳を傾けるようになったと。とはいうものの、夕方には、われ神を信ず、と言ったかとおもえば、翌朝にはもう、われ神を信じずと言うしまつ。でしたが、聖人様は苦労の末、連中を回心させまして、連中は自分たちの教会を建てはじめました。石を刻む道具は聖人様が持っておられたので。さて、教会が半分ほど建ちあがったころのある晩、聖人様はもうお休みになった頃合いに、島の衆がじぶんたちだけで寄り合いを開きまして、じぶんたちが神様をしっかと信じておることに迷いがないかどうかたしかめようとしたんですわ。

　島の衆の顔役が立ちあがりまして、こう言いました。わしらは断崖へ行って石工道具をいっさいがっさい海へ投げ捨ててみるがええじゃろう。だってよ、もし神さんていうお方がおって、聖人さんが言うように、聖人さんのことをよく知っていなさるとしたら、海へ投げ捨てた石工道具をすべて拾い上げるくらいのことはお手のもんじゃろ、なあ皆の衆。

　というわけで一同出かけて、断崖から石工道具を投げ捨てたわけ。

　夜が明けて、聖人様が教会へやってきますと、働き手たちはみな石に腰掛けて、だれひとり仕事しておりません。

「なにゆえにみな怠けておるか」、と聖人様はおたずねになりました。

「石工道具がありまっせん」と働き手たちは答えて、昨晩やったことをお話ししたと。

　それを聞いた聖人様はひざまずき、神様にお祈りをささげました。石工道具のいっさいがっさいを海から揚げてくださいまし。中島（イニシュマーン）の者たちをこの世でいちばんの大馬鹿者どもにしてくださいまし。この者どもが愚行をしでかす暗愚な心を世の終わりまで持ち続けますよう、おはからいくださいまし。神様、なにとぞどうぞよろしく、と。ほら、あの島の出の連中はだれひとりとして、口ごもらずにひとつの物語をしまいまで話すことができんでしょう。それからまた、なにごとによらず失敗しないでものごとをやりとげることもできんでしょう。その理由にはこういうことがあったわけですわ。

　僕はこのおじいに、中島（イニシュマーン）のパット・ディラーンおじいをご存じありませんでしたか、また、パットおじいのみごとな話の数々をお聞きになったことはありませんか、と尋ねた。

おじいは答えて、こんな話をはじめた。「わしほどパットのことをよく知っておった人間はおりません。わしはよくあっちの島へ渡って島カヌー（カラッハ）をつくってやっておったからね。ある日、新造したばかりの舟の一面に熱したタールを塗りおえたところへ、ちょうどパットおじいがやってきて、ズボンの両膝のところへちょいとタールを塗ってくれんか、そしたら雨がしみこまんようになるだろうから、とわしに頼んだわけですわ。

わしは刷毛を手にとって、なにをやってるのかパットに気づかれんうちに、タールを足にたっぷり塗りつけてやったです。で、『反対側にも塗ってやろうな、これでもうどこへ腰掛けたって大丈夫だぜ』って言ってやって。そうすると、パットのやつ、やっとタールの熱が染みてきて皮膚を刺してるのに気づいていてね、わしに悪態をつきはじめたってわけ。あんないたずらをしちまって、パットには悪いことしたな、っておもっとりますがね。」

このおじいはアイルランドのいたるところで出会う、愛想はいいが気まぐれな老人とおなじタイプの人物であって、イニシュマーンのひとびとに特有な気質とはまったく無縁であった。

みんながしゃべり疲れたころあいを見計らって、僕がいくつか手品を披露したら、ちいさなひとだかりができた。やがて、集まってきたひとびともあらかた帰ってしまったころ、はじめからいたもうひとりのおじいが妖精の話をはじめた。ある晩、灯台から家へ帰ろうとして道を歩いていたら、後ろからだれかが馬に乗ってくる音がしたので、立ち止まり、だれがくるのか待ってみたがだれもやってこなかった。さて、こんどは岩畳のむこうのほうから、男が馬を取り押さえようとしているような音が聞こえてきた。おじいはすこし先へ歩いた。後ろから聞こえてくる物音は先へ行くほどに大きくなり、まるで二十頭の馬が、いや、少し後には百頭か千頭の馬の大群が、おじいの後ろからギャロップしてくるような轟音が聞こえた。やがて、道をはずれて家のほうへ続く石垣の踏み越し段までたどりついて、その踏み越し段を乗り越えて向こう側へいこうとしたとき、後ろからなにものかがどすんとぶつかってきて、おじいはつんのめってころがり落ちた。その拍子に、抱えていた猟銃もおじいの目の前の野原に投げ出された、という。

「わしゃあ、その時分ちょうど島に来ておられた神父様に、いったいあれはなんだったのでしょうか、と尋ねてみましたが、神父様のおっしゃることにゃあ、そうさな、そいつは堕天使だったのであろう、とのことでしたわ。わしにゃあよくわからんけど、とにかくそういうことがじっさいに起きたんで」、とおじいは語った。

さらにおじいの話は続いた。「べつのときのことですが、ちょっとした崖の下にちっさな穴が開いとるところへ下りていったですが、その穴のなかからか、その穴のすぐ脇のあたりからか、とにかくフルートの音が聞こえてきたわけ。まだ夜が明けないころのことで。だれがなんと言おうと不思議なものたちはおるんですわ。三十年も前のことですが、ある晩、ひとりの男がうちのかみさんを呼びに来まして。というのもその男のかみさんに赤ん坊が生まれそうだったもんでね。で、その男はたしか灯台だったか沿岸警備隊だったかの仕事をしとる人間で、プロテスタントでした。あの連中は、不思議現象やら妖精やらのことはいっさい信じておらんで、いつもわしらのことをばかにしおるわけですが。なにはともあれ、うちのかみさんが出かける準備をしとるあいだに、その男がわしにですな、すまんがひとっぱしり行って蒸留酒を一クォート買ってきちゃくれまいか、と頼んだわけ。ごていねいに、もしひとりで行くのが怖かったらオレもついていくけど、とまで抜かしおった。

わしは、怖くなんぞあるもんかい、と言い捨てて、ひとりで出たわけです。

さて、酒を手に入れて帰ってくる途中のことですが、道になにかがおったわけ。われながらばかだったなあ。片側によけるか、反対側の砂浜へそれておけばよかったものを、そいつの近くまで、いや、近すぎるところまでまっすぐずんずん歩いていっちまって。それでふと思い出したんですわ、詩篇『深き淵より（デ・プロフンディス）』をとなえてる人間には、こういうやつらは手出しができないってだれかが言ってたのを。で、わしが詩篇の文句をとなえはじめると、そいつは砂浜を走ってどっかへ行っちまいました。そして、わしは無事に家へ帰ったってこと。

わしのまえの道でとおせんぼしてたのはただの雄ロバにちがいねえ、なんて言う衆もおったけど、相手が『深き淵より（デ・プロフンディス）』をとなえだしたら逃げ出す雄ロバなんて、聞いたことないですわ。」

僕はおじいに、イニシュマーンで聞いた、十字を切ったらたちまち消え失せた妖精船の話を、話して聞かせた。

すると、おじいは、「海には不思議がいろいろござる、ってね」と言った。「ある晩、ほれあそこに見える緑の岬があるでしょう、あそこにいたら、船が一艘入ってこようとするのが見えたですが、あんなに岩礁に近寄ってどうするんだとおもったわけ。ところが、船はわしが立って見ておった地点へまっすぐ向かってきたもんで、わしはすっかり肝をつぶしてですな、村のほうへ一目散に駆けだしたですが、その船の船長は、わしが駆けだしたのを見たとたんに進路を変えて、どこぞへ去っていきました。

あの時分わしは水先案内をしとりまして、出動することもあったんですわ。といっても二、三度しかやりませんでしたがね。で、とにかくある日曜のこと、でけえ船が一艘、瀬戸へ入ってくるぞ、という報告が入ったわけ。わしはほかのふたりといっしょに海へ駆け下りていって、島カヌー(カラッハ)を出しました。そいで、船が見えたという岬のあたりをまわってみたんだけど、影も形もありゃしなかった。日曜だったもんで仕事はなかったし、いいお天気で海も静かだったんで、船を探してずうっと漕いでいって、ふと気がついたら、後にも先にも行ったことのない海まで来ておったというわけ。帰らなくちゃいかんとおもったとき、わしらが見たのは鳥の大群。白い鳥は一羽も混じっとらん、真っ黒な鳥がびっしり海面に浮かんどったわけです。わしらを恐れてるようすはなくて、仲間たちも近くまで漕いでいってみようと言うもんですから、漕ぎ寄っていったです。で、ずいぶん間近まで寄っていったら、鳥どもはいっせいに空に舞い上がったわけ。あんまり数が多かったもんで、空が真っ黒になりました。そいで、またいっせいに百ヤードか百二十ヤード離れた海面へ舞い降りた。わしらはまたその群れを追いかけていきましたが、仲間のひとりが櫂栓で鳥を一羽殺してみたいという気をおこし、もうひとりは櫂で鳥を殴り殺してやろうという出来心を起こしたわけ。そんなことしたら舟が転覆するぞっておもったですが、ほかのふたりはやる気でした。

　ぐっと近くまで漕ぎ寄せたところで、ひとりのほうが鳥どもめがけて櫂栓をぶん投げ、もうひとりは櫂をぶんまわしましたが、ふとした拍子にふたりともころげちまって、その勢いで舟はくるっと転覆ですわ。海が静かだったから助かったものの、わしらの運命は溺死だったはず。

　思うに、あの真っ黒なカモメの大群と例のでかい船は同類ですな。このことがあってからは、わしは水先案内の仕事はきっぱりやめました。船が来たっていうんで島カヌー（カラッハ）を漕ぎ出して行ってみるとかんじんの船がどこにもいないっていうのは、よくあることなんですわ。

　しばらくまえのこと、アランモアから船が来たっていうんで、島カヌー（カラッハ）が一艘漕ぎ出していったら船は影も形もなくて、島カヌー（カラッハ）の漕ぎ手が全員溺れ死んだってことがありました。このことがあった後、いい歌がつくられたって言いますが、わしはその歌は聞いたことがないです。

またべつの日に、一艘の島カヌー（カラッハ）がこの島から漕ぎ出して、釣りに出たんですが、漕ぎ手たちはそう遠くないところに一本マスト船（フッカー）がいるのを目にしました。その時分にはマッチがなかったもんで、島カヌー（カラッハ）の連中がパイプに火を点けるための火種を借りようとして、一本マスト船（フッカー）のほうへ漕ぎ寄っていってみたところ、船がかき消すように消えてしまって、漕ぎ手一同、血の気がひいたという話ですわ。」

それから、このおじいはさらに、本土で聞いたという次のような話をしてくれた。ある夜のこと、ひとりの男が荷馬車を走らせていたところ、ひとりの女があらわれて、乗せていってくれと頼まれた。男はその女にどこかあやしいところを感じ取ったので、そのまま止まらず通り過ぎた後、振り向いてみると、道ばたには一匹の豚がぽつんといて、女は影も形もなかった。

こりゃオレもいよいよお終いかとおもいながらも、男は先へ進んだ。やがて、森にさしかかったとき、ふたりの男が道の両側からひとりずつあらわれて、馬車馬のくつわに両側から手を添えて、いっしょに歩きはじめた。ふたりとも年老いて生気がなく、起毛した厚地の服を着込んでおり、くすんで古くさいひとびとのように見えた。森から出ると、路上市のようなものがおこなわれていて、ひとびとがものを売り買いしていたが、みんな生者ではなかった。ふたりの老人は人混みを縫うようにして荷馬車を通してくれた後、どこかへ去っていった。男は無事帰宅してから、道中出会ったふたりの老人のようすや服装を、家の年寄りたちに話して聞かせたところ、年寄り

物語上手のおじい

たちはこう言った。そりゃあおまえのふたりのじいさんたちが助けてくれたのさ、じいさんたちはおまえが大きくなるのをそりゃあ楽しみにして、かわいがっていたんだからね、と。

今晩は、アランモアの宿屋の談話室でダンスが催された。暖炉にはあかあかと火が焚かれ、テーブルは部屋の隅にかたづけてある。とくに会の司会者がいるというわけではなかったので、僕がジグを二、三曲とほかに数曲フィドルで演奏した後に、ぽかんと間が空いてしまった。僕じしん、自分の演奏をみんながどのくらい楽しんでくれたのかわからなかったし、だれかほかに歌か演奏のできるひとがいるのかどうかも知らなかったので、ふっと気まずい停滞がおとずれそうな雲行きになった。そこへ、僕がよく知っているひとりの娘が気を利かして助け船を出し、場をとりしきる役を買って出てくれた。まず最初に、彼女は沿岸警備員の娘にハーモニカでリールを一曲披露してくれるよう頼み、娘は即座に応じたが、その吹奏は、ほれぼれするくらいリズミカルで元気あふれるものだった。次に、司会の娘はもういちどフィドルをやってくれるよう僕に頼み、どんな曲をやったらいいかもアドバイスしてくれた。そうやって、彼女は一夕の会を順調にとりしきっていき、お開きのタイミングもちゃんと判断してくれた。彼女は立ちあがり、アイルランド語で僕に感謝のことばを述べた後、だれに合図するでもなく扉の外へ去っていったのだが、これを潮にほとんどすべてのひとびとが退出していった。

みんなが帰った後、僕はパブのなかにあった樽にしばらく腰掛けて、居残って新聞を読んでいた何人かの若者たちと話した。それから、村の物知りとふたりの物語上手たち――このひとたちはふたりとも年寄りで水先案内人の経験者だ――とともに、彼らが語る物語や詩を書きとめながら長い夜を過ごした。僕たちはほぼ六時間採集作業をしたが、おじいたちは物語や詩を語り込めば語り込むほど、いろんなことを次々に思い出すようだった。

若いほうのおじいは、パブへ入ってくるなりこう言った――「わしゃあ今夜は釣りに行こうかとおもったが、あんたさんにかっきり約束してあったで、ここへ来た。あんたさんは礼儀正しいひとだからね、たとえ五ポンドもらったってあんたさんとの約束は破りませんわ。さあ」と、おじいはウイスキーのグラスを掲げて言った――「あんたさんの健康を祝すとともに、スグリの茂みであんたさんの棺がつくられるまで、あるいはまた、あんたさんがお産の床で死になさるまで、あんたさんが末永く長生きなさいますよう、乾杯しましょう」。

こうして、一同は僕の健康のためにグラスを空け、話を書きとめる作業がはじまったのだった。乾杯の音頭をとってくれたおじいが、僕のそばに腰掛けて、こう尋ねた。「あんたさんはマックスウィーニーっていう詩人のことは聞いたことありますかいな」。

「ありますね。ゴールウェイの町で」、と僕は答えた。

「ほほう。それじゃあマックスウィーニーの『盛大な婚礼』ってやつをお聞かせしましょう。

いい詩なんだが、伝承しとる人間はすくないもんでね」、とおじいは語りはじめた。「ある田舎に貧しい召使いの娘がおって、貧しい召使いの若者と夫婦になったわけ。マックスウィーニーはふたりの両方を知っておったんだけど、結婚式のときにはよそへ行っておって、ひと月ほどして帰ってきたんだと。で、帰ってきてからペギー・オハラ——その娘の名前ですが——のとこへ行って、婚礼は盛大だったかね、と尋ねたと。ペギーは、いえいえまあまあの結婚式でした、と答えましたが、マックスウィーニーのことは忘れてなかったんで、食器棚に特別にとっておいたウィスキーを出したわけ。詩人は炉辺に腰掛けて、ウィスキーを飲みはじめました。二、三杯飲むとぽかぽか暖まってきましたんで、歌をつくりはじめたと。これから歌うのが、マックスウィーニーがそのときつくったペギー・オハラの婚礼というやつです」。

おじいはこの詩を英語とアイルランド語の両方で歌ってくれたが、その詩そのものはほかの場所でも採集されていて、しかもほかの民衆詩人の作であるとされているので、ここに紹介するには及ばないだろう。

僕たちはさらにもう一ラウンド、黒ビール（ポーター）とウィスキーを楽しんだ。すると、マックスウィーニーの婚礼の歌を歌ってくれたおじいが、こんどは酒飲み歌（ドリンキングソング）をひとふし聞かせてくれた。村の物知りがそれを書きとめて、後から僕とふたりで英訳した。以下にお目に掛けるのがその歌である。

ベール・リャカできょろきょろしてるよそ者に、おばあが声掛けこう言った――

「蒸留所へはもう行ったかい。一杯きゅっと飲(や)ったかい。ワインもビールもかないやしないよ。あたしなんざあクイッと飲(や)ってコロで、スローパーさん家(ち)の暖炉でごろ寝、焼き肉になんなくてああよーかった。

あたしが尊敬してるのはオーエン・オハノンが第一番、アイルランドの国ぜんたいのどんな博士より一等エラい。お水のなかにお薬いれて、大麦の寝床で休ませて、すてきなもんをつくるのが彼。

うまいお酒をちょっとでいいから、いつも杖つき歩いてるおばあの口に入れてみな、そうすりゃおばあはよろこんで、すごい一宿一飯の、もてなし受けたと感謝して、七日七晩恩に着るよ。」

その後、おじいたちがしめくくりのウイスキーグラスを干す間、僕はまたフィドルを取り出して何曲か弾いて聞かせた。今朝、この部屋の階下のちっぽけなパブに、黒ビール(ポーター)があらたにごっそり入荷したので、僕たちの会話がとぎれた間合いに、ひとびとのざわめきがのぼってくるのが聞こえた。たくさんの男たちが集まって、イニシュマーンの知り合いなども呼び集めて楽しんでいるのだ。次から次へと歌が聞こえてきた。以前に書きとめたのと似たような英語の歌もいくつかあったようだが、ほとんどはアイルランド語の歌だった。

すこしして、階下の集まりがお開きになると、僕といっしょにいるおじいたちはそわそわしはじめた。帰り道に妖精たちが出やしないかと心配になってきたらしい。僕たちの集いもお開きにすると、おじいたちはそそくさと、砂丘の向こうのすこし離れた地域にある家々へ帰っていった。

その翌日、僕は汽船で島をあとにした。

訳者あとがき

『アラン島』の著者ジョン・ミリントン・シングは、お坊ちゃん育ちである。一八七一年四月十六日、ダブリン近郊の旧家に五人兄弟の末っ子として生まれたが、この家は十七世紀にイングランドからアイルランドへ渡ってきた裕福な地主階級に属しており、英国教会派に連なるプロテスタント教会、アイルランド聖公会（チャーチ・オブ・アイルランド）の聖職者を多数輩出した家系である。シングが一歳のときに天然痘で死去した父は法廷弁護士で、兄たちもみな技師や伝道師など堅実なキャリアを積み上げていった。ところが、体格には恵まれていたのに幼いときから病弱で内気だった末っ子のシングだけが、どういうわけか文学・芸術にとりつかれてしまった。ダブリンのトリニティカレッジでアイルランド語とヘブライ語を学んだ後、ヨーロッパ各地を転々としてドイツ語、イタリア語にも手を出すかたわら、音楽で身を立てようと本気で考えたりもした。しかし、どれもものにならず、パリのソルボンヌ大学でフランス文学を学びながら、コルネイユ・ホテルの最上階に宿泊してくすぶっていた。一八九六年、冬のこと。シングは二十五歳であった。

十二月二十一日、同じホテルに泊まっていた六歳年上の詩人W・B・イェイツとはじめて出会う。

イェイツは当時、恋人のモード・ゴンとともにナショナリストの団体、青年アイルランド協会（ヤング・アイルランド・ソサエティ）のパリ支部（といっても会員は六人ほどしかいなかったらしい）を立ち上げようとしていた。イェイツはこれ以後何ヶ月かの間、シングとひんぱんに会っているが、その頃のことを次のように回想している——「シング君は近ごろイタリアから帰ってきたばかりである。ドイツの黒い森（シュヴァルツヴァルト）地方では農民たちにフィドルを聞かせてきたのだそうで、五十ポンドで六ヶ月間旅をしてきたのだとか。今はフランス文学を研究し、気味の悪い憂鬱な詩を書いている。トリニティカレッジでアイルランド語を勉強したと本人が言うので、それならアラン諸島へ行って、すべて表現されつくした生活なんかじゃなく、いまだかつて文学作品に表現されたことのない生活を見つけるといい、と勧めた。こう言ったとき、わたしは彼の天才を見抜いていたわけではなかった。ただ、彼には、病的な憂鬱状態から救い出してくれるなにかが必要だと感じたのである」、と。イェイツ自身、この年の八月にアラン諸島を訪問したばかりだったので、その印象を語り広めたいという気持ちもあったに違いない。とにかくすべては、まだ無名に近かったアイルランド人の文学青年ふたりが、パリの片隅で交わした会話からはじまったのである。

一年半ほどたってシングはようやく腰をあげたが、一度おとずれたが最後、彼はアラン諸島に完全に惚れ込んでしまい、毎年通いつめることになる。最初の訪問が一八九八年五月十日から六月二十五日、二回目が九九年九月十二日から十月七日、三回目が一九〇〇年九月十五日から十月十四日、四回目が一九〇一年九月二十一日から十月十九日、五回目が一九〇二年十月十四日から十一月八日。二十七歳から三十歳まで毎年おとずれて滞在した、第一回目から第四回目までの島暮らしの経験が、『アラン島』の第一部から第四部の内容にそれぞれ盛り込まれている。

この本のなかで、シングは島人たちからしばしば「紳士」殿と呼ばれているが、これはアイルランド語——ゲール語とも呼ばれるケルト系言語——を話すカトリック信徒の借地人である島のひとびとからみて、プロテスタントの地主階級に属するシングは、敬って接しておけば間違いない相手だったからである。彼はじっさい、進取の気性に富んだ若だんなであった。二十七歳の五月、アラン三島のうちでいちばん大きな「アランモア」——「腎臓の（かたちの）大島」または「背骨の（ような山脈がある）大島」という意味——にはじめて渡り、アトランティック・ホテルという立派な名前に似合わぬ二階建てのちっぽけな旅籠にしばらく逗留したとき、彼はここぞとばかりに泊まりあわせた旅行客のひとりが持参していたカメラを購入し、島に生きるひとびとのさまざまな姿を撮影しはじめた。また、島から持ち帰った日記や聞き書き資料を清書するときには、出始めたばかりのポータブルタイプライターを使いこなしていたことも知られている。

植民地の首府ダブリンに生まれ、ヨーロッパ大陸の文化を身につけてコスモポリタンになりたかったシングにとって、アイルランド西部に根づいたアイルランド語の民衆文化は、物理的にはそれほど遠くないところにあったとはいえ、明らかに異文化であった。シングの島暮らしは、組織的で学問的なフィールドワークとはほど遠いものだったけれど、彼は島人たちを警戒させず、厭きさせず、得意な体操の技やら手品やら、しまいにはフィドルの演奏まで繰り出して、島の共同体に密着した資料収集をおこなった。島の文化から謙虚に学ぼうとする彼の姿勢は誠実で、偽りのないものだったのだ。その結果、ときに臨場感あふれる、ときに彫琢をこらしたスタイルで、島の風俗、海との闘い、人物観察、物語や詩、はては個人的に経験した超常現象にいたるまで、自在に物語ってみせることに成功した。さらにもうすこし注意深く読んでみると、二十代後半の独身男性、「シング君」の目線のほほえましい部分さえあきらかになってくる。なにをかくそう彼はかなり恋多き人物なのだが、この本には島の女性たちのふるまいや容姿を賛美した文章がひっそりと、しかしふんだんにちりばめられているのである。

そういうわけで、『アラン島』を通読して感じるのは語り手のなみはずれた観察力である。じっさいのシングはどんな人物だったのだろうか。彼と親しい交友関係があったロンドンの作家ジョン・メースフィールドによれば、シングは何かを尋ねられれば答えるが、自分のことは決して語らず、世間話などはしない男だったという。メースフィールドはさらに続けて、ひとびとのシング評をおもしろ半分にたくさん列挙している。その一部を書き写してみると、「彼は人生の傍観者だった」、「入ってきて、腰掛けて、見てるだけ、それが彼だ」、「彼は中味のある受け答えをしない」、「ぜんぜんしゃべらない、いつも聞き役だ」、「わたしには本当のシングってものがわからない」などなど、とある。ようするに鈍重で退屈、あるいは不気味でつきあいにくい奴であるとおもわれていたらしいのだが、シングはそれだけの人物ではなかった。

この訳書を飾る十二点の挿絵——すべて初版に収録されていたものだ——を描いた画家ジャック・B・イェイツ——詩人W・B・イェイツの弟である——によれば、シングは子供と動物が大好きで、いっしょに旅行したときには羊毛刈りの作業をいつまでも飽きずに眺めたり、見ず知らずの少女がなついてきたりしたことがあったという。また、シングの甥の回想によれば、おじさんは話しながら折りたたみハサミを指先でくるっと回してみたり、タバコの葉を巻いてシガレットをこしらえてみたり、そうかとおもうと、火掻き棒を裸足の足指でつまみあげて暖炉の火をつついてみせたりして、子供みたいに喜んでいたのだそうである。むっつりお茶目なこの人柄は、アランの島人たちをも飽きさせなかったにちがいない。そして、注意深い読者なら『アラン島』本文のなかに、シングお気に入りの折りたたみ式ポケットハサミが二度ばかり登場することに気づかれるだろう。

シングの家。高台にある細長い家は三間に分かれていて、シングの居室は向かって左側。手前に石垣と道路、裏手が海を見下ろす方向である。

　内省的なシングがアラン島へ行く前の時期に書きためていたのは、自伝にまとめることを前提とした草稿であった。その草稿のなかで彼は、偏狭で熱烈な信仰をもつ牧師の娘として生まれ育った母にしつけられたために、物心ついてからは抑圧的な宗教教育に反発し、十四歳にしてダーウィンの進化論を知り、十代後半には信仰を捨てた、と書く。イェイツが指摘したシングの病的なまでの憂鬱気質は、このように本人の悩める魂を大いに苦しめたが、その気質が鋭敏な観察力としてあらわれたときには、独自の持ち味として底力を発揮したのである。

『アラン島』には、シングが後に書くさまざまな戯曲のもとになるモチーフが、はやくも数多くあらわれている。『谷間の蔭』（一九〇三年初演）は、『アラン島』第一部でパットおじいが語った、通夜をする女房と死んだふりをした亭主の話の筋書きを改作したものである。『海へ騎りゆく者たち』（一九〇四年初演）のなかで効果的につかわれることになる凶事にまつわる民間伝承や、海難事故と島での葬式にかんするディテールは、第三部と第四部のあちらこちらに見つかる。また、『聖者の泉』（一九〇五年初演）の着想源となる盲目を癒す聖泉の話と、『西の国の伊達男』（一九〇七年初演）に題材を提供することになる「激情にかられて父親を鋤でぶんなぐって殺してしまった」男の話は、どちらも第一部に登場している。さらに、シングが死んだ翌年の一九一〇年に初演された最後の戯曲『悲しみのデアドラ』は、イニシーアで聴き取り取材して英訳した伝説から着想されたものであることがわかっている。

もういちど、イェイツのシング評に耳を傾けてみよう。「彼は内気で、恥ずかしがり屋だったから世間話などできないし、病弱で、道徳上の疑念にいつもさいなまれている男だったが、やがて、大声でいばりちらすほら吹きや、詩的なせりふを繰り出す酔っぱらいの老婆や、元気はつらつな若者や娘を造形していくことになった」、とイェイツは回想する。この一文は、シングという人物と劇作の関係をたくみに要約してあますところがない。無愛想な若者は劇作家としてめきめき頭角をあらわし、イェイツ、グレゴリー夫人とともにアイルランド文芸復興をになう立役者へと大化けしたのだ。

だが、かんじんの『アラン島』そのものはさまざまな出版社にすくなくとも三回拒絶されたあげく、シングが惜しまれつつ若くして病没する二年前の一九〇七年四月に、ようやく出版された。十九世紀以来、アラン諸島には、形を成しつつあった考古学・民俗学などの研究者や好事家たちがたくさん渡って、実地調査をおこなった。じじつ、シングがイニシュマーンで寄宿していたポージーンとモーレ夫妻——「おやじさん」と「おかみさん」の本名がこれである——のマクドナハ家は、愛好家のあいだではアイルランド語の大学（オルスコル・ナ・ゲールガ）という通称で知れ渡っていた。また、シングがはじめて島をおとずれた一八九八年に、アイルランド語の復興をめざすゲール語連盟（ゲーリック・リーグ）の支部ができたおかげで、アイルランド語を学ぼうとするひとびとの来訪は増加しつつあった。現代の文化的ツーリズムの先駆といっていいこうした流れのなかで『アラン島』が異彩を放つのは、この本が先輩イェイツの期待にしっかりこたえて、島を描いた最初のまとまった文学的紀行文となったからである。とはいえこれは、客観的で包括的な地誌ではない。島の歴史やできごとの社会的背景などについて、おそらくは意図的に書き込みを控えているため、シングが見たかったアラン島の側面だけを強調した報告になったことは否定できない。たとえば、彼がよく登ったイニシュマーンの「コナーの城砦（ドゥーン・コナー）」の規模や形状についてろくに描写されていないし、第一部に出てくる「強制立ち退き」の一部始終はそこにいたる経緯の客観的記述が十分でないので、降ってわいた災難であるかのように受け取られかねない。さらに、シングのおじであるアレクサンダー・シング師がかつてアラン島に滞在していたことが話の種になっているところでも、その背後にあったプロテスタント教会の布教ブームについては口をつぐんでいる。結局のところ、シングは社会学者や歴史学者としてではなく、夢想家の魂をもつひとりの詩人としてこの本を書いたのである。

それゆえいっそう、ここに書きとどめられた島人たちが読者にあたえる印象は強烈である。したたかに生きる彼らの姿は、今日にいたるまで、アラン島を訪れる旅行者がいだく島のイメージを決定づけている。さらにそのイメージは、アイルランド系アメリカ人の映画監督ロバート・フラハティが撮ったセミドキュメンタリー映画『アラン』によって、「ありのまま」というより「あるべき」アラン島の映像として固定化されたといえるだろう。荒海に囲まれた島に暮らすひとびとの日常を英雄的に描いたこの映画は、一九三四年に公開され、ヴェネツィア映画祭外国映画賞を受けた。シングの本とフラハティの映画が現代人の想像力に刻印した「過酷な自然に対峙して力強く生きるひとびとの島」というアラン島のイメージは、文化的ツーリズム隆盛のためのこれ以上望めない宣伝として機能したと同時に、物資がとぼしく貧困にあえぐ島のひとびとに生きるうえでの大きな誇りをあたえるのに役立ったのだ。この映画はキルローナンの公民館で、毎年夏場には定期的に上映されている。

＊

ところで、わたしじしんも旅行者としてアラン諸島を何度かおとずれたことがある。最近訪問したときのみやげ話をすこし披露して、このあとがきのしめくくりとしたい。

二〇〇二年、夏のことである。詩人の高橋睦郎さんと佐々木幹郎さん、尺八奏者の菊池雅志さん、アイルランド研究者の大野光子さんといっしょに、二週間ほどアイルランドを旅してまわった。尺八と笛の演奏をまじえた詩の朗読会を各地でおこなうのがこの旅の主な目的だったが、立ち寄った町や村のパブで伝統音楽の合奏（セッション）をのぞくのも大きな楽しみだった。『アラン島』第四部で、シングが得意のフィドルでダンス曲を弾きはじめると、近隣のひとびとが集まってきてダンスパーティになる場面が二ヶ所ほどあったのを思い出していただきたい。島では終始シングの独奏だったが、ああいう状況ではたいてい他のひとびとも楽器を持ち出してきて、演奏に参加する。そういう自然発生的な合奏を「セッション」と呼んでいる。

ここでご披露したいのは、その旅の途上、イニシュモア——シングが「アランモア」と呼んでいた「大島」を現在英語ではこう呼ぶのが一般的である——の巨大な城砦遺跡エーンガス（ドゥーン・エンガス）の砦にたちよったとき、パブ空間ではなく青空のもとで経験した音楽体験のことである。（『アラン島』にはどういうわけかこの遺跡についての言及がないが、アラン諸島随一の壮観な見所である。）

わたしたち五人は、ビジターセンターで観覧料を支払って断崖のてっぺんにある石砦までの石垣道を登った。四、五年まえに来たときとは隔世の感がある。アイルランドの急激な経済躍進の波及効果だろう。立派なビジターセンターの周囲にはあたらしい土産物屋が軒を連ね、日本人観光客のすがたも多くみられる。かつては石垣道から自由にそれて、野兎たちがあそぶ石のうえを跳んであるくこともできたが、今は通路以外はかたく立入禁止になっている。岩畳のうえをうねうね伸びる通路をたどって、やがてわたしたちは巨大な石垣を二重にめぐらした砦にたどりついた。石砦は、十メートルほど先ですっぽり切れ落ちている断崖を遠巻きにするように半円形に積み上がっている。その半円の内側に入ると、崖の向こうには青い大海原のほかに何も見えない。その青を眺める気分は、昔とすこしもかわらない。さいわいお天気がよかったので、ぽつぽつとおしゃべりをしながら、のんびり岩に腰掛けて青い海と空を見ていた。

　ふと気がつくと、周囲にはわたしたち一行とこの石砦を警備している文化省（ドゥーハス）の女性と、そのほかに観光客がひとりふたりいるだけだった。機は熟した。チャンスである。「一曲吹いてくれませんか」と誰かが言ったのかどうか記憶がさだかではないが、菊池さんはおもむろに尺八をとりだし、青空をバックに一曲、そしてもう一曲。わたしたちが余韻にひたっていると、警備担当の例の女性もどこからともなくアイルランドの縦笛（ティン・ホイッスル）をとりだして、お礼に一曲。そしてまた一曲。こんどは尺八が応えて一曲。さらにもうひとつ。ホイッスルはいよいよ乗って、軽快なダンス曲のリールやジグ。次はしみじみと歌の旋律を聞かせるスロー・エア。菊池さんが今回の朗読ツアーのために準備してきた曲のなかに二頭の鹿が鳴き交わすというとても美しい曲があったが、日本とアイルランドのミュージシャン二人は、文字通り心ゆくまで鳴き交わしたのだった。そのおこぼれにあずかることのできたわたしたち数人は、とても幸運だった。

コナーの砦（ドゥーン・コナー）へ登る道の石垣と城壁の一部。丘のてっぺんまで登ると沖縄の城（グスク）によく似た楕円形の城壁が島を睥睨している。

伝統音楽のセッションには、もちろん一座がひとつの曲を共有して合奏する楽しみやスリルもある。だがそのいっぽうで、初対面どうしがおたがいのもっている曲を交換するよろこびもある。楽器を演奏できないわたしには想像することしかできないけれど、ホイッスルの彼女は相当耳が良いようだったから、わたしたちと出会った翌日あたり、聞き覚えた菊池さんの曲を自分流にアレンジして吹きはじめたとしても不思議ではない。ふたりのミュージシャンが競い合うのではなく、自分がもっているものを互いにひそやかに与えあう現場に遭遇して、わたしはすっかり感動し、そんなことができるミュージシャンたちにすこしだけ嫉妬した。

イニシュモアからイニシュマーンへは九人乗りのプ

「シングの椅子（カヒール・シング）」という銘板がはめ込まれた、ほぼ円形の石積みシェルターの内側に入ると、こぢんまりと居心地がよく、崖上にあるので眺望絶佳。

ロペラ機で渡った。中島（イニシュマーン）にはシングがもっとも愛した風景がひろがっている。集落のなかには彼が寄宿していた家が今でも残り、シング記念館として整備され、公開されている。ここへ行けば、シングがあたったのと同じ食堂兼居間（キッチン）の暖炉の火にあたりながら、マクドナハ家ゆかりのひとが語る昔話に耳を傾けることができる。家の向かいの高台に登ると、シングお気に入りの城砦（ドゥーン）がある。イニシュモアのエーンガスの砦（ドゥーン・エンガス）を小さくして丘のうえに載せたようなこの円形石砦はコナーの砦（ドゥーン・コナー）と呼ばれている。コナーは、伝説上のフィル・ヴォルグ族の族長エーンガスの弟にあたる人物である。あるいは、イニシュモアが向かいに見える断崖まで歩いていけば、シングがいつも海を眺めた「石積みの風除け椅子」（第四部参照）——島では「シングの椅子（カヒール・シング）」と呼ばれている——に腰掛けてみることもできる。わたしたち一行はこうやってシング巡礼をした後で、小さな食堂に入って、島で収穫したという小振りだが味わい深いじゃがいもを食べた。

さて、旅を終えて日本へ帰ってきた直後、佐々木さんが「海を駆ける」という詩を雑誌に発表（後に詩集『悲歌が生まれるまで』思潮社刊に所収）した。

大波に押し返されるようにして
今朝　わたしはベッドの中にいた
汗まみれで　醜い
うつ伏せの溺死体となって

最初の波がきたとき
大きな歌のかたまりを運んできた
次の波がきたとき
おまえが運ばれてきたのだ

とはじまるこの詩は、語り手じしんがシングの戯曲『海へ騎りゆく者たち』に出てくる溺死体を演じている。この詩をはじめて読んだとき、これはきっと島へ渡ったときの疲労感と帰国直後の時差ボケを重ねているに違いない、何しろ、島へ渡ったときには旅疲れと睡眠不足と風邪にやられて一同みんなくたくただったからなあ……、と勝手に解釈したのをおぼえている。この詩にはシングの家の暖炉とおぼしき火から転げ落ちる泥炭のかたまりや、うまそうなじゃがいもなども出てきてなつかしいけれど、しめくくりの数行もたいへん印象深い。

島がひとつ
波の上を漂っている
アラン　その昔　人間の内臓のこと
アラン　その昔　人間の背骨のこと

目覚めてから　わたしは
足の裏の章魚をナイフで薄く切り
机に向かって歩き
詩を書いた

「人間の内臓のこと」と「人間の背骨のこと」は、じつはこの詩のなかでリフレインとしてくりかえされる詩句なのだが、最初に読んだとき、奇妙なことを言うもんだな、でもよくわかんないな、と思った。しかし、もういちど読み直して、ああそうか、と深く納得した。謎めいたこの二行の意味は、この訳者あとがきに最後までおつきあいくださったかたにも、すでに明らかであろう。佐々木さんは、この詩のかんじんかなめのリフレインで、こっそり「アラン」の語源に言及していたのである。

＊

シングの劇作は、日本では大正時代から数多くの翻訳が出て紹介・上演されてきたが、『アラン島』の翻訳はやや遅れて、昭和十二年（一九三七年）に出た岩波文庫（姉崎正見訳）版が唯一の翻訳として長らく読まれてきた。二〇〇〇年に出た甲斐萬里江訳（『シング選集〔紀行編〕アラン島ほか』所収、恒文社刊）は手堅い現代語訳だが、現在入手できないのが惜しまれる。それじたいが近代文学史の一部であるシング翻訳の書誌リストに、今回拙訳が加えられることを、たいへん光栄におもう。

シングのテクストは百年まえの紀行文だが、原文に付着した時代の錆をだましだまし、ていねいに磨きをかけてみたら、にわかに輝きを増しはじめ、人物たちがいきいきと躍動しはじめたので、とても驚いた。そして、あれよあれよという間に翻訳ができあがってしまった。またとないお宝の錆取りをする機会を与えてくださり、磨き作業のお膳立てをしてくださったみすず書房の宮脇眞子さんと、作業の進行をやさしく見守ってくださった尾方邦雄さんに、心から感謝をささげたい。

二〇〇五年盛夏　東京

栩木伸明

本書は、二〇〇五年十一月にシリーズ「大人の本棚」の一冊として小社より
刊行された『アラン島』を、単行本（新装版）として刊行するものです。

著者略歴

(John Millington Synge, 1871–1909)

1871年ダブリン郊外のプロテスタントの家系に生まれる．同市のトリニティ・カレッジを卒業後，ドイツ，イタリア，フランスなどを転々としながら文学や音楽を学ぶ．その後，パリで出会ったW. B. イェイツのすすめでアラン諸島に赴き，本書『アラン島』（1907年）を著わしたほか，島での取材や体験をモチーフにつかった戯曲『谷間の蔭』（1903年），『海へ騎りゆく者たち』（1904年），『聖者の泉』（1905年），『西の国の伊達男』（1907年）などを上演，アイルランドの文芸復興に大きく寄与した．没後上演された作品に，アラン島で聞いた伝説に着想をえた『悲しみのデアドラ』（1910年）がある．

訳者略歴

栩木伸明〈とちぎ・のぶあき〉1958年東京生まれ．現在，早稲田大学文学学術院教授．専攻はアイルランド文学・文化．著書に『アイルランド現代詩は語る――オルタナティヴとしての声』（思潮社）『声色つかいの詩人たち』（みすず書房）『アイルランド紀行――ジョイスからU2まで』（中公新書）『アイルランドモノ語り』（みすず書房，第65回読売文学賞随筆・紀行賞）など．訳書にイェイツ，キアラン・カーソン，ウィリアム・トレヴァー，コルム・トビーンの作品のほか，マッキャン『ゾリ』，チャトウィン『黒ヶ丘の上で』など．

J. M. シング
アラン島
栩木伸明訳

2005年11月10日　初　版第1刷発行
2019年7月9日　新装版第1刷発行

発行所 株式会社 みすず書房
〒113-0033 東京都文京区本郷2丁目20-7
電話 03-3814-0131(営業) 03-3815-9181(編集)
www.msz.co.jp

本文印刷所 理想社
扉・表紙・カバー印刷所 リヒトプランニング
製本所 誠製本

ISBN 978-4-622-08839-4
[アランとう]